GRöLS Verlage

„Bücher sind wie Fallschirme. Sie nützen uns nichts, wenn wir sie nicht öffnen."

Gröls Verlag

Redaktionelle Hinweise und Impressum

Das vorliegende Werk wurde zugunsten der Authentizität sehr zurückhaltend bearbeitet. So wurden etwa ursprüngliche Rechtschreibfehler regelmäßig *nicht* behoben, denn kleine Unvollkommenheiten machen das Buch – wie im Übrigen den Menschen – erst authentisch. Mitunter wurden jedoch zum Beispiel Absätze behutsam neu getrennt, um den Lesefluss zu erleichtern.

Um die Texte zu rekonstruieren, werden antiquarische Bücher von Lesegeräten gescannt und dann durch eine Software lesbar gemacht. Der so entstandene Text wird von Menschen gegengelesen und korrigiert – hierbei treten auch Fehler auf. Wenn Sie ebenfalls antiquarische Texte einreichen möchten, finden Sie weitere Informationen auf www.groels.de

Viel Freude bei der Lektüre wünscht Ihnen das Team des Gröls-Verlags.

Adressen

Verleger: Hermann-Josef Gröls,

Im Borngrund 26, 61440 Oberursel

Externer Dienstleister für Distribution & Herstellung:

BoD, In de Tarpen 42, 22848 Norderstedt

Unsere „Edition | Werke der Weltliteratur“ hat den Anspruch, eine der größten und vollständigsten Sammlungen klassischer Literatur in deutscher Sprache zu werden. Nach und nach versammeln wir hier nicht nur die „üblichen Verdächtigen“ von Goethe bis Schiller, sondern auch Kleinode der vergangenen Jahrhunderte, die – zu Unrecht – drohen, in Vergessenheit zu geraten. Wir kultivieren und kuratieren damit einen der wertvollsten Bereiche der abendländischen Kultur. Kleine Auswahl:

Francis Bacon • Neues Organon • **Balzac** • Glanz und Elend der Kurtisanen • **Joachim H. Campe** • Robinson der Jüngere • **Dante Alighieri** • Die Göttliche Komödie • **Daniel Defoe** • Robinson Crusoe • **Charles Dickens** • Oliver Twist • **Denis Diderot** • Jacques der Fatalist • **Fjodor Dostojewski** • Schuld und Sühne • **Arthur Conan Doyle** • Der Hund von Baskerville • **Marie von Ebner-Eschenbach** • Das Gemeindekind • **Elisabeth von Österreich** • Das Poetische Tagebuch • **Friedrich Engels** • Die Lage der arbeitenden Klasse • **Ludwig Feuerbach** • Das Wesen des Christentums • **Johann G. Fichte** • Reden an die deutsche Nation • **Fitzgerald** • Zärtlich ist die Nacht • **Flaubert** • Madame Bovary • **Gorch Fock** • Seefahrt ist not! • **Theodor Fontane** • Effi Briest • **Robert Musil** • Über die Dummheit • **Edgar Wallace** • Der Frosch mit der Maske • **Jakob Wassermann** • Der Fall Maurizius • **Oscar Wilde** • Das Bildnis des Dorian Grey • **Émile Zola** • Germinal • **Stefan Zweig** • Schachnovelle • **Hugo von Hofmannsthal** • Der Tor und der Tod • **Anton Tschechow** • Ein Heiratsantrag • **Arthur Schnitzler** • Reigen • **Friedrich Schiller** • Kabale und Liebe • **Nicolo Machiavelli** • Der Fürst • **Gotthold E. Lessing** • Nathan der Weise • **Augustinus** • Die Bekenntnisse des heiligen Augustinus • **Marcus Aurelius** • Selbstbetrachtungen • **Charles Baudelaire** • Die Blumen des Bösen • **Harriett Stowe** • Onkel Toms Hütte • **Walter Benjamin** • Deutsche Menschen • **Hugo Bettauer** • Die Stadt ohne Juden • **Lewis Caroll** • *und viele mehr….*

Kurt Aram

Mit 100 Mark nach Amerika

Ratschläge und Erlebnisse. Mit einem Katechismus für Auswanderer

Vorwort

In der Redaktion der „Gartenlaube“ kam vorigen Sommer das Gespräch darauf, wie es wohl heute einem Deutschen ohne Mittel in Amerika ergehen würde. Heute, wo sich die Verhältnisse für den Auswanderer gegen früher doch sehr geändert haben. Und nicht zu seinen Gunsten. Ich erbot mich, das Experiment zu machen. Der Verlag der „Gartenlaube“ erstand mir ein Schiffsbillett zur Überfahrt nach Amerika im Zwischendeck, was 180 Mark kostete, und gab mir außerdem noch die 25 Dollar (gleich 100 Mark) mit, ohne die kein Auswanderer in Amerika an Land gelassen wird. Daher die Überschrift dieses Buches: Mit 100 Mark nach Amerika. Ich ging als ungelernter Handarbeiter, der ich war, hinüber, und in dem Augenblick, wo ich an den Verlag der „Gartenlaube“ um Geld schreiben würde, sollte mein Experiment beendet sein. Ich war also tatsächlich auf die 100 Mark angewiesen und hatte keine anderen Hilfsmittel zur Verfügung.

Was ich unter diesen Voraussetzungen in Neuyork erlebte, das bildet den Inhalt des zweiten Teils dieses Buches, der in der Hauptsache zuerst in der „Gartenlaube“ veröffentlicht wurde.

Als ich dann an den Verlag der „Gartenlaube“ um Geld schrieb, war das Arbeiterexperiment beendet, und ich bereiste noch für einige Zeit als

Schriftsteller das Land der unbegrenzten Möglichkeiten. Naturgemäß darauf bedacht, meine Arbeitererfahrungen in Neuyork in anderen Städten und Staaten zu ergänzen. Es stellte sich heraus, daß die Unterschiede zwischen den amerikanischen Großstädten in dieser Hinsicht nicht sehr beträchtlich sind. Nur die Unterschiede zwischen Stadt und Land sind auch in Amerika bedeutend. Nicht weniger als in Europa. Als ich dann wieder nach Berlin zurückkehrte, interessierte es mich besonders, zu erfahren, was wir denn für eine Literatur über Amerika besäßen. Ich fand eine sehr reichhaltige Literatur, aber so gut wie nichts, was dem Auswanderer ohne Mittel und ohne besondere Bildung hätte direkt von Nutzen sein können. Das veranlaßte mich, meinen persönlichen Erlebnissen und Erfahrungen einige praktische Winke für mittellose Auswanderer voranzustellen, die ja zurzeit den größten Teil der Auswanderer nach Amerika ausmachen. Und es war mir eine ganz besondere Freude, das tun zu können; denn zum erstenmal hatte ich als Schriftsteller das Gefühl, einer größeren Anzahl von Menschen, eben den mittellosen Auswanderern deutscher Zunge, damit vielleicht wirklich nützlich sein zu können.

So wäre es mir denn eine große Freude und Genugtuung, wenn meine eigenen Erfahrungen als Arbeiter andere auswandernde Arbeiter vor überflüssigen und leicht abwendbaren Unbequemlichkeiten und Ärgerlichkeiten bewahren könnten. Nicht zum wenigsten zu diesem Zweck wurde das Büchlein herausgegeben, und wenn die Auswanderer finden, daß es ihnen nützlich ist, so wäre ich besonders dankbar für einen Hinweis an den Verlag dieses Buches, wie es sich noch praktischer und nützlicher ausgestalten ließe. Es ist ja sozusagen ein erster Versuch. Ich bitte also insbesondere die deutsch-amerikanischen Arbeiterkameraden, wenn ihnen dies Buch in die Hände kommt und sie für dasselbe Wünsche haben, sie zu äußern. Eine Zuschrift an den Verlag genügt.

Juli 1912.

Kurt Aram.

Katechismus für Auswanderer.

Wer soll nicht auswandern?

Wer schwächlich ist oder krank. Er wird von den amerikanischen Behörden doch wieder in die Heimat zurückgeschickt, ohne Amerika auch nur mit einem Fuß betreten zu haben. Er würde sich nur überflüssige Kosten machen. Nicht einmal seine Neugierde würde befriedigt, denn er bekommt von Amerika nichts zu sehen als Ellis Island, die kleine Insel im Neuyorker Hafen mit den vielen Krankenhäusern und Baracken, wo alle Auswanderer ohne Ausnahme sehr genau untersucht und ausgefragt werden. Ellis Island aber zu sehen, die Träneninsel, wie die amerikanischen Zeitungen sie nennen, weil auf ihr schon so viele Tränen vergossen worden sind, das lohnt die lange Reise und das viele Geld nicht, wie man sich schon bei dem Namen „ Träneninsel" denken kann.

Wer daheim nur einigermaßen sein Auskommen hat. Der Sperling in der Hand ist besser als die Taube auf dem Dach. Und ein Schlaraffenland, wo mir die gebratenen Tauben in den Mund fliegen, ist Amerika längst nicht mehr, war es auch nur in Büchern.

„Wer älter als dreißig Jahre ist, soll es sich dreißigmal überlegen. Amerika ist, wenn es ums Verdienen geht, das Land der Jugend. Wer aber dreißig Jahre zählt, ist in Amerika nicht mehr jung, sondern ein Pap', das heißt: ein alter Papa.

Wer darf auswandern?

„Wem es daheim zu wohl ist, so daß er durchaus aufs Eis gehen muß. Wem es daheim so schlecht geht, daß es ihm drüben nur besser gehen kann. Wer gesund und jung und abenteuerlustig ist.

Wer soll auswandern?

Niemand –, der nicht muß, weil es ihm daheim zu schlecht geht, oder weil ihm die Haut danach juckt.

Was muß ich können, wenn ich auswandere?

Arbeiten, arbeiten, arbeiten. Weiter nichts. Aber ich glaube, das ist sehr viel. Und wer es in Europa nicht gelernt hat, der wandere lieber erst gar nicht aus. Drüben ist es mit den Arbeiten noch schlimmer. Verstehe ich mich auf eine bestimmte Hantierung: Maurer, Erdarbeiter oder dergleichen, um so besser.

Bin ich Handwerker: Schuster, Bäcker oder dergleichen, noch besser. (Aber lies jetzt gleich die Frage auf Seite 19: Was soll ich tun?)

Wann wandere ich aus?

So zeitig, daß ich im Frühling drüben bin, am besten im März oder so. Dann finde ich in der Stadt und auf dem Land am schnellsten Beschäftigung.

Komme ich erst im Sommer hinüber, so ist das Klima schlecht, zu heiß.

Komme ich erst im Herbst, so sind die Städte voll von Arbeitern, die Arbeit suchen, weil sie den Sommer über auf dem Land oder in den Bädern untergeschlüpft sind. Auf dem Land aber braucht man im Herbst überhaupt keine neuen Arbeiter.

Was nehme ich mit?

Briefe von Bekannten oder Verwandten, die schon in Amerika leben und mir behilflich sein wollen. Das ist sehr wichtig. Aber es muß die genaue Adresse angegeben sein. Wer keine solchen Briefe bei sich hat, wenn er nach Ellis Island kommt, kann einfach nach Europa zurückgeschickt werden.

So viel Geld, daß ich, wenn ich auf Ellis Island ankomme, wenigstens noch 100 Mark (25 Dollar) in bar habe. Sonst kann ich einfach nach Europa zurückgeschickt werden. Je mehr Geld ich außerdem noch habe, um so besser. Das ist in Amerika nicht anders als in Europa.

Bin ich nicht verheiratet, dann verkaufe ich, bevor ich auswandere, alles, was sich zu Geld machen läßt. Nur nicht: gute Kleider, gute Wäsche und Seife. Davon nehme ich mit, so viel ich habe. Saubere Kleider und reine Kragen sind in Amerika noch bessere Empfehlungen als in Europa. Das soll nicht heißen, daß ich mit sauberen Kleidern und reinen Kragen sofort eine Stellung finde. Es soll nur heißen, daß ich ohne beides viel schwerer Stellung finde. Sehr oft gar keine. Also nehme ich saubere Anzüge und reine Wäsche und Kragen mit, so viel ich habe. Davon wird nichts verkauft. Und die Seife nicht zu vergessen. Aber auch nicht vergessen, sie recht oft zu gebrauchen. Und dann kaufe ich mir daheim noch Unterhemden, denn daheim sind sie billiger als in Amerika. Jeder Arbeiter in Amerika, vom Erdarbeiter bis zum Präsidenten, trägt unter dem Oberhemd ein Unterhemd, um das Oberhemd zu schonen, und damit man es dem Oberhemd nicht ansieht, wenn man schwitzt.

Bin ich verheiratet, so nehme ich nichts mit, was überflüssig ist. Nur das Notwendige: gute Kleider, gute Wäsche und Seife. Und das, wovon sich Frau und Kinder gar nicht trennen können. Alles andere mache ich zu Geld oder stelle es unter. Denn ich kann heute noch nicht wissen, ob ich nicht in ein, zwei Jahren wieder in der alten Heimat bin. Dann bin ich froh, wenn ich recht viel untergestellt habe. Zum Mitnehmen ist es überflüssig.

Soll ich die Familie mitnehmen?

Habe ich eine Frau, die waschen, bügeln oder gar gut kochen kann, so nehme ich sie mit, denn sie kann mir drüben nur nützen. Im eigenen Haushalt ebenso wie in anderen Familien, wenn ich nicht gleich einen eigenen Haushalt gründen kann. Frauen, die zu häuslicher Arbeit willig und tüchtig sind oder gar gut kochen können, finden in Amerika oft leichter und schneller Verdienst als ich selbst. Habe ich fleißige Töchter, so nehme ich sie mit, denn zuverlässige, tüchtige Mädchen sind auch heute noch in Amerika gesucht und finden oft leichter und schneller Verdienst als ich selbst. Sind Frauen und Töchter faul, tue ich besser, überhaupt nicht auszuwandern. Meine Söhne haben dieselben Aussichten wie ich selbst. Nur haben sie den Vorzug, jünger zu sein als ich.

Zwischendeck oder II. Klasse?

Manche genieren sich, Zwischendeck zu fahren und bezahlen deshalb lieber die teurere II. Klasse. Das ist Unsinn, und wer sich geniert, paßt überhaupt nicht nach Amerika. Also fahre ich Zwischendeck, wenn ich reise und wenig Geld habe. Aber auch, wer etwas mehr Geld hat, soll es sich reichlich überlegen, ob er nicht doch der Sparsamkeit wegen lieber Zwischendeck fährt. Es schadet niemandem etwas und ist eine gute Vorschule für Amerika. (Siehe auch den Aufsatz im zweiten Teil: „ Im Zwischendeck bei bewegter“ See“, S. 33.) Es ist wichtiger, sein Geld für Amerika zusammenzuhalten, als sich die Überfahrt möglichst bequem zu machen. In Amerika läuft das Geld schon schnell genug fort. Und dann habe ich es viel unbequemer, als wenn ich Zwischendeck gefahren wäre und wenigstens das Geld für die II. Klasse gespart hätte.

Schnelldampfer oder langsamer Dampfer?

Hat man es sich nach allen Seiten hin überlegt und ist fest entschlossen, auszuwandern, so tue man es auch so bald wie möglich. Zeit ist Geld! Das gilt nirgends mehr als in Amerika. Aus diesem Grunde ziehe ich auch den Schnelldampfer dem langsamen Dampfer vor, wenn die Überfahrt auch etwas mehr kostet. Dies Geld ist vernünftig angelegt, denn nochmals und immer wieder: Zeit ist Geld!

Wo kaufe ich mein Billett?

Bei der nächsten Agentur des Norddeutschen Lloyd in Bremen oder der Hamburg-Amerika-Linie in Hamburg oder direkt in Bremen oder Hamburg.

Billett bis Neuyork oder weiter?

Ich lasse mir schon gleich in der Heimat ein Billett ausstellen bis zu der Eisenbahnstation in Amerika, wo mich Freunde oder Verwandte in Empfang nehmen wollen. Das macht jeder Agent für jede Schiffahrtsgesellschaft. So habe ich schon daheim das Billett und unterwegs keine Scherereien. Auch werde ich auf Ellis Island, nachdem ich untersucht bin, von Beamten zu dem Zug gebracht, der mich zu meiner Station bringt, wo mich die Freunde erwarten. Nehme ich das Billett nur bis Neuyork, kann mir das Geld für die Weiterreise gestohlen werden, und dann sitze ich fest, schon bevor ich recht angefangen habe. Oder ich muß mich in Neuyork, wenn ich kein Englisch spreche, Fremden anvertrauen, die meine Sprache kennen, die ich aber nicht kenne. Mit solchen Leuten soll ich mich überhaupt nicht einlassen. Je freundlicher sie tun, um so größere Spitzbuben sind sie meist. Ich nehme also unter keinen Umständen nur ein Billett nach Neuyork, wenn ich nicht unbedingt in Neuyork bleiben muß. Es ist aber der schlechteste Platz für jedes „Greenhorn“, wie der unerfahrene Auswanderer drüben genannt wird. (Siehe auch den Artikel: „ Am Hafen von Neuyork“ in diesem Buch, S. 80).

Wie benehme ich mich auf dem Schiff?

Alle Reisenden an Bord eines Schiffes stehen unter Schutz und Kommando des Kapitäns, wovon man aber nichts merkt, solange man sich anständig benimmt. Ich richte mich also genau nach den „ Verhaltungsmaßregeln“, die überall angeschlagen sind. Rauchen unter Deck, außer im Rauchzimmer, ist verboten. Das Mitnehmen geistiger Getränke ist verboten. Glücksspiele sind verboten. Außer Zwieback und Kakes nehme ich keine Eßwaren mit. Die volle Verpflegung auf dem Schiff ist im Billettpreis einbegriffen, immer reichlich und meist gut. Außerdem kann ich in der Kantine jederzeit Obst, Tabak, Bier usw. gegen angemessene Preise bekommen. Waren im Gepäck mitzuführen, ist verboten und wird sehr streng bestraft. Im Gepäck habe ich nur schon gebrauchte Sachen. Alles, was neu ist, wird mit hohem Zoll belegt, und die Zollrevision ist meist sehr genau und streng. Geld und Wertsachen gebe ich sofort gegen Quittung dem Zahlmeister des Schiffes in Verwahrung, damit es nicht gestohlen wird. Waffen nehme ich nicht mit, denn nach dem neuen Sullivangesetz werden sie mir drüben doch sofort abgenommen. Auch kann ich dafür bestraft werden. Im übrigen wende ich mich in allen Fragen und zweifelhaften Fällen zunächst an den Dolmetscher, der auf jedem größeren Schiff für die Auswanderer da ist.

Die Seekrankheit.

Vernünftig leben. Nicht viel trinken. Nicht alles mögliche durcheinander essen. Fühle ich, daß das Zwerchfell auf den Magen drückt, lege ich mich lang hin. Dann drückt es nicht mehr. Wird mir beim Anblick der Wellen und beim Schwanken des Schiffes übel, lege ich mich hin und schließe die Augen. Ich atme tief und langsam möglichst viel Luft in die Lunge, solange ich das Gefühl habe, daß das Schiff sich senkt. Steigt es wieder aus den Wellen, atme ich die Luft ebenso langsam wieder aus. Ich habe dies Mittel sehr probat gefunden. Hilft auch das nicht, so muß man sich damit trösten, daß die Seefahrt ja nicht ewig dauert, also auch die Seekrankheit nicht.

Wie benehme ich mich auf Ellis Island?

Ich beiße die Zähne zusammen und denke: auch das geht vorüber. (Siehe auch den Aufsatz: „Die Angst vor Ellis Island“, S. 66). Machen die Beamten Schwierigkeiten, mich an Land zu lassen, so telegraphiere ich sofort an die Freunde oder Verwandten, die mich erwarten. Habe ich keine, so wende ich mich sofort an einen Vertreter der „Schutzgesellschaften“, die immer auf Ellis Island sind. Jeder Beamte muß mich auf meinen Wunsch zu einem solchen Vertreter führen.

Herberge oder Wirtshaus?

Werde ich in Neuyork an Land gelassen, und erwarten mich keine Freunde und Verwandte, so fragt es sich, soll ich in eine Missionsherberge gehen oder in ein Gasthaus? Gehe ich in eine der Missionsherbergen, deren Vertreter ebenfalls auf Ellis Island anwesend sind, so finde ich billige Kost, billiges Logis (wenigstens für Neuyorker Verhältnisse) und zuverlässigen Rat. Auch immer bereitwillige Unterstützung und Hilfe bei der Arbeitsuche. Deshalb sollte es namentlich jeder jüngere, unerfahrene Mensch, zunächst unter allen Umständen mit einer der Missionsherbergen versuchen, etwa dem lutherischen deutschen Emigrantenhaus oder dem katholischen Leohaus, die beide in nächster Nähe der Landungsstelle am Neuyorker Hafen liegen. Außerdem kann man sich auf Ellis Island als Deutscher darüber noch besonders bei den Beamten erkundigen, die eine Mütze mit der Bezeichnung „ Deutsche Gesellschaft“ tragen.

Will ich aber am ersten Tag durchaus in einem Gasthaus absteigen, so lasse ich mich vor allem nicht von unbekannten „Landsleuten“ verführen, denn es sind zu viele Spitzbuben darunter, die es nur auf mein Geld abgesehen haben. Im Landungsdepot am Battery-Park in Neuyork stehen Vertreter solcher Gasthäuser, die unter Aufsicht der Einwanderungskommission stehen. Sie tragen ein Brustschild, auf dem steht: Licensed boarding house keeper. An diese Leute wende ich mich und bitte um ihre „ Geschäftskarte“. Darauf finde ich den Namen des Gasthauses und die Preise für Kost und Logis (boarding) pro Tag und pro Woche. Die Geschäftskarte, die mir am meisten zusagt, nehme ich und gehe gleich mit dem betreffenden Angestellten, der mir auch das Gepäck usw. besorgt. Um keinen Preis lasse ich mich aber, das sei nochmals eingeschärft, mit fremden Personen ein, die nicht auf die eben beschriebene Art und Weise legitimiert sind. (Siehe auch die Anzeigen am Ende des Buches.)

Was soll ich tun?

Nur eine Nacht im Wirtshause bleiben und mir dann gleich in den Zeitungen ein Privatlogis suchen, schon weil es billiger ist.

Nicht erst Neuyork ansehen wollen, weil ich ja noch Geld habe. Sondern gleich Arbeit suchen, solange ich noch Geld habe, denn ich finde sie nicht immer so schnell, wie man sich einbildet.

Ich suche Arbeit durch Anzeigen, die ich in die Zeitungen setze, und durch Lesen der Anzeigen, die in den Zeitungen stehen. Ich suche sie durch solide Arbeitsvermittlungsbureaus. (Siehe Anzeigenteil dieses Buches.) Oder ich suche sie, indem ich mich möglichst schnell einer Kirchengemeinschaft anschließe. Die Kirchen sind drüben reine Privateinrichtungen, die jedem Mitglied sehr nützlich und förderlich sein können, auch im privaten Fortkommen. Viel mehr als in Europa. Oder, wenn ich das durchaus nicht mag, so suche ich sofort Anschluß an eine landsmännische Vereinigung, von denen überall in den Zeitungen die Rede ist. Auch sie werden mir behilflich sein. Aber ich versuche das alles gleich und lasse nicht erst viele Tage ungenützt verstreichen.

Und ich nehme jede Arbeit, die ich finde, und bin nicht wählerisch. Das gibt es nicht in Amerika, wo wirklich keine Arbeit verachtet wird, mag sie noch so niedrig sein und meinen europäischen Stolz demütigen. Diesen Stolz muß ich unbedingt in Europa lassen. Nach Amerika paßt er nicht und ist nur hinderlich. Also fort damit! Ich greife gleich zu; denn wenn ich zögere, hat mir ein anderer die Arbeit schon weggeschnappt. Warten, Überlegen, Rücksichten, das gibt es drüben nicht. Zugreifen, das ist die Hauptsache.

Stadt oder Land?

Wer klug ist, wartet und sucht nicht lange in der Stadt herum, sondern geht aufs Land, sowie sich eine Arbeitsgelegenheit bietet. Die Landarbeit wird nicht so gut bezahlt, aber man findet sie dreimal so schnell. Und Zeit ist Geld? Das soll man nie vergessen. Es gibt zwar weder in der Stadt noch auf dem Land eine Kündigung, wie es in Europa Brauch ist. Sondern jeder kann jeden Tag seine Stellung wieder verlassen müssen, weil der Boß es will, und jeder kann, wenn es ihm besser paßt, ohne weiteres seine Stelle wieder verlassen. Aber wenn man nicht gar zu ungeschickt ist, hält man sich auf dem Land länger in derselben

Stelle als in der Stadt. Solange man Land und Leute noch nicht kennt, solange man noch kein Englisch versteht, ist das wichtiger als die ein, zwei Dollar, die man vielleicht in der Stadt mehr verdienen kann.

Englisch?

Wer es in Amerika heute zu etwas bringen will, muß zwei Dinge verstehen: arbeiten um jeden Preis und Englisch, so schnell, als es geht. Wer in Amerika vorwärts kommen will, muß Englisch können. Die Zeit, die darauf verwendet wird, macht sich bezahlt; denn ich habe dann unter zehnmal so viel Stellen die Wahl wie ohne Englisch. Und in allen besseren Stellen verlangt man sowieso Englisch von mir.

Wie lerne ich Englisch?

Wer jung und fix ist, nehme sofort eine Arbeit in einem amerikanischen Haus. Auch wenn er noch nichts von der Sprache versteht. Als ein fixer Mensch wird er das Notwendigste sehr bald lernen; denn wenn der Amerikaner den guten Willen sieht bei einem anstelligen Menschen, hilft er ihm. Es geht besser und schneller, als man denkt. Wenn nur die erste Angst überwunden ist. Dann besuche man die „ Abendschulen", in denen unentgeltlich englischer Unterricht erteilt wird. Jeder Boß gibt die Stunde für seinen Arbeiter gerne frei.

Für einen unverheirateten Mann aber ist das Allerprobateste, daß er sich in ein amerikanisches Mädchen verliebt. Das sagen alle, und das ist auch richtig.

Soll ich amerikanischer Bürger werden?

Amerikanischer Bürger soll jeder werden, der in Amerika zu bleiben gedenkt, und er soll seinen Stolz darin setzen, der beste amerikanische Bürger zu werden, was ihn nicht im geringsten hindert, seine alte Heimat lieb zu behalten. Aber die neue Heimat kann verlangen, wenn ich mich in ihr häuslich einrichten will, daß ich ihr Bürger werde mit allen Rechten und Pflichten, die das mit sich bringt.

Gedenke ich nur auf kürzere Zeit zu bleiben, verhält es sich anders. Will ich aber dauernd in Amerika bleiben, so wäre ich ein Schmarotzer, auf den der Amerikaner mit Recht herabsieht, wenn ich der neuen Heimat, die ich gefunden habe, nun nicht auch mit allen Pflichten eines guten Bürgers angehören wollte.

Bis ich das aber bin, halte ich fein den Mund in politischen Dingen; denn erstens verstehe ich noch zu wenig davon, und zweitens gehen sie mich, solange ich nicht Bürger bin, nichts an.

Wie man Bürger wird, das brauche ich nicht auseinanderzusetzen; denn wenn ich das werden will, bin ich längst kein Auswanderer mehr, sondern schon heimisch in Amerika. Und dann brauche ich nicht mehr dieses Buch, sondern dann habe ich Bekannte und Freunde genug, die mir den Weg zeigen, wie ich amerikanischer Bürger werde. Bin ich es aber erst, dann bin ich es auch ganz. Und wenn ich es ganz bin, dann gehört meine Kraft Amerika, aber meine Seele vergißt um deswillen noch lange nicht die alte Heimat. Das respektiert jeder Amerikaner.

Auszug aus der Verfassung der Vereinigten Staaten.

(1787.)

Wir, das Volk der Vereinigten Staaten, beschließen und begründen hiermit in der Absicht, eine vollkommenere Union zu bilden, Gerechtigkeit walten zu lassen, die Ruhe im Innern sicherzustellen, für die Landesverteidigung zu sorgen, die allgemeine Wohlfahrt zu fördern und die Segnungen der Freiheit uns und unseren Nachkommen zu sichern, diese Verfassung für die Vereinigten Staaten von Amerika.

Artikel I. Die gesetzgebende Gewalt.

Abschnitt I.

Alle gesetzgebende Gewalt, die in dieser Verfassung bewilligt ist, liegt in den Händen eines Kongresses der Vereinigten Staaten, welcher aus einem Senat und einem Hause der Repräsentanten bestehen soll.

Abschnitt II.

§ 1. Das Haus der Repräsentanten soll aus Mitgliedern zusammengesetzt sein, welche alle zwei Jahre vom Volke der einzelnen Staaten erwählt werden, und die Wähler in jedem Staate sollen diejenigen Eigenschaften haben, welche für die Wähler der zahlreichsten Kammer der Gesetzgebung des Staates erforderlich sind.

§ 2. Niemand darf Mitglied des Repräsentantenhauses sein, der nicht das 25. Lebensjahr vollendet hat und seit sieben Jahren Bürger der Vereinigten Staaten gewesen ist, und der nicht zurzeit seiner Erwählung ein Bewohner des Staates ist, in welchem er erwählt wurde ...

§ 4. Wenn in der Vertretung irgendeines Staates ein Mandat erledigt ist, soll die vollziehende Gewalt desselben zur Wiederbesetzung der erledigten Stelle Neuwahlen ausschreiben.

§ 5. Das Haus der Repräsentanten, wählt seinen Sprecher und seine anderen Beamten und hat das ausschließliche Recht der politischen Anklage gegen Bundesbeamte.

Abschnitt III.

§ 1. Der Senat der Vereinigten Staaten soll aus je zwei Senatoren von jedem der Staaten bestehen, welche durch deren gesetzgebende Versammlungen auf sechs Jahre zu erwählen sind, und jeder Senator soll eine Stimme haben ...

§ 3. Niemand darf zum Senator ernannt werden, der nicht das 30. Lebensjahr vollendet hat und seit neun Jahren Bürger der

Vereinigten Staaten ist, und der nicht zurzeit seiner Erwählung ein Einwohner desjenigen Staates war, von welchem er erwählt wurde.

§ 4. Der Vizepräsident der Vereinigten Staaten soll Präsident des Senats sein, jedoch keine Stimme haben, außer bei Stimmengleichheit.

§ 5. Der Senat soll seine andern Beamten selbst erwählen und ebenso einen zeitweiligen Präsidenten, der den Vorsitz führt in Abwesenheit des Vizepräsidenten oder für den Fall, daß dieser das Amt des Präsidenten der Vereinigten Staaten zu bekleiden hat.

Abschnitt IV.

§ 1. Zeit, Ort und Art der Erwählung der Senatoren und Repräsentanten sollen in jedem Staate vor. der gesetzgebenden Versammlung desselben bestimmt werden; doch darf der Kongreß zu jeder Zeit durch Gesetze derartige Bestimmungen ändern, mit Ausnahme der zur Wahl der Senatoren bestimmten Orte.

§ 2. Der Kongreß soll sich wenigstens einmal im Jahre versammeln, und diese Versammlung soll am ersten Montag des Dezember stattfinden, wofern nicht durch Gesetz, ein anderer Tag dafür bestimmt wird.

Abschnitt V.

§ 1. Jedem Hause steht die Entscheidung über die Gültigkeit der Wahlen, der Wahlprotokolle und über die Wahlfähigkeit seiner eigenen Mitglieder zu. Jedes Haus ist beschlußfähig, wenn die Mehrzahl der dem Hause angehörenden Mitglieder anwesend ist; eine kleinere Zahl soll sich von einem Tage zum andern vertagen können und berechtigt sein, das Erscheinen abwesender Mitglieder in der Art und durch solche Strafen zu erzwingen, wie es von jedem Haus festgesetzt wird.

§ 2. Jedes Haus darf seine Geschäftsordnung selbst bestimmen, seine Mitglieder wegen ordnungswidrigen Benehmens bestrafen und durch Beschluß einer Zweidrittelmehrheit ein Mitglied ausschließen.

§ 3. Jedes Haus soll ein Protokoll seiner Verhandlungen führen und dasselbe von Zeit zu Zeit veröffentlichen, mit Ausnahme solcher Teile, die nach der Entscheidung des Hauses Geheimhaltung erfordern. Bei

Abstimmungen sind die Stimmen der Mitglieder eines jeden Hauses auf Verlangen des fünften Teiles der gegenwärtigen Mitglieder in dem Protokoll zu vermerken.

§ 4. Keines der Häuser darf während der Dauer des Kongresses ohne die Zustimmung des andern sich auf länger als drei Tage vertagen noch an einem andern Orte tagen als demjenigen, an dem beide Häuser ihre Sitzungen abhalten.

Abschnitt VI.

§ 1. Die Senatoren und Repräsentanten sollen eine Entschädigung für ihre Dienstleistungen erhalten, die durch Gesetz bestimmt und aus der Staatskasse der Vereinigten Staaten bezahlt wird. Sie dürfen in keinem Falle, ausgenommen bei Hochverrat, mit Todesstrafe bedrohten Verbrechen und Verletzungen der öffentlichen Ordnung, während ihrer Teilnahme an den Sitzungen des betreffenden Hauses sowie während der Hin- und Rückreise verhaftet werden; auch dürfen sie wegen einer Rede oder Äußerung in einem der beiden Häuser an einem andern Orte nicht zur Verantwortung gezogen werden.

§ 2. Kein Senator oder Repräsentant darf während der Zeit, für die er gewählt worden ist, für ein unter der Hoheit der Vereinigten Staaten stehendes bürgerliches Amt ernannt werden, das erst geschaffen worden ist, oder dessen Einkünfte während der genannten Zeit erhöht worden sind. Niemand, der irgendein Amt unter der Hoheit der Vereinigten Staaten bekleidet, darf während seiner Amtsdauer Mitglied eines der beiden Häuser sein.

Abschnitt VII.

§ 1. Gesetzesentwürfe über die Beschaffung von Staatseinkünften können nur von dem Hause der Repräsentanten ausgehen, doch kann der Senat, wie bei andern Gesetzentwürfen, Zusätze oder Abänderungen beschließen.

§ 2. Jeder Gesetzentwurf, der in dem Hause der Repräsentanten und im Senat durchgegangen ist, soll, bevor er zum Gesetz wird, dem Präsidenten der Vereinigten Staaten vorgelegt werden; billigt er denselben, so hat er ihn zu unterzeichnen; andernfalls sendet er ihn mit seinen Einwendungen dem Hause zurück, aus welchem er hervorgegangen ist. Dieses Haus vermerkt die Einwendungen ausführlich im Sitzungsprotokoll und hat den Entwurf nochmaliger Beratung zu unterwerfen. Wenn dann nach solcher Wiederberatung zwei Drittel des Hauses beschließen, den Entwurf anzunehmen, wird er samt den Einwendungen des Präsidenten dem andern Hause zugesendet. Dieses unterzieht den Entwurf gleichfalls einer neuen Beratung. Wird der Entwurf von einer Zweidrittelmehrheit dieses Hauses genehmigt, so wird er Gesetz. In allen solchen Fällen aber sollen die Stimmen beider Häuser durch Ja und Nein abgegeben und die Namen derer, die für oder gegen den Entwurf gestimmt haben, in das Sitzungsprotokoll eingetragen werden. Wenn ein Entwurf vom Präsidenten nicht innerhalb zehn Tagen (Sonntage nicht gerechnet) zurückkommt, nachdem er demselben übergeben worden ist, so soll er ebenso Gesetzeskraft erhalten, als ob er vom Präsidenten unterzeichnet wäre, es sei denn, der Kongreß verhindere durch seine Vertagung deren Rückkunft. In diesem Falle wird der Entwurf nicht Gesetz.

§ 3. Jede Anordnung, jeder Beschluß oder jede Abstimmung, zu der die Zusammenwirkung von Senat und Repräsentantenhaus notwendig ist (ausgenommen, wenn es sich um Vertagungsbeschlüsse handelt), muß dem Präsidenten der Vereinigten Staaten vorgelegt werden und erlangt erst Wirksamkeit, wenn er sie genehmigt hat. Versagt er die Genehmigung, so kann die Wiederannahme durch eine Zweidrittelmehrheit des Senats und des Repräsentantenhauses erfolgen, übereinstimmend mit den für Gesetzentwürfe vorgeschriebenen Bestimmungen.

Artikel II. Die vollziehende Gewalt.

Abschnitt I.

§ 1. Die vollziehende Gewalt ruht in den Händen eines Präsidenten der Vereinigten Staaten von Amerika. Er bekleidet sein Amt auf die Dauer von vier Jahren und wird zugleich mit dem Vizepräsidenten, der für den gleichen Zeitraum gewählt wird, in folgender Art gewählt:

§ 2. Jeder Staat ernennt auf eine von seiner gesetzgebenden Versammlung zu bestimmende Art eine Anzahl von Wahlmännern, die der ganzen Zahl der Senatoren und Repräsentanten gleichkommt, zu der der Staat im Kongreß berechtigt ist. Ein Senator oder Repräsentant oder eine Person, welche ein einträgliches oder Ehrenamt unter der Hoheit der Vereinigten Staaten bekleidet, darf zum Wahlmann nicht ernannt werden.

§ 4. Der Kongreß hat die Zeit für die Wahl der Wahlmänner und den Tag zu bestimmen, an welchem sie ihre Stimmen abzugeben haben. Dieser Tag soll ein und derselbe in der ganzen Union sein.

§ 5. Niemand als ein eingeborener Bürger oder jemand, der zurzeit der Annahme dieser Verfassung Bürger der Vereinigten Staaten war, ist zum Präsidenten wählbar. Auch kann niemand zu diesem Amt erwählt werden, der nicht das 35. Lebensjahr vollendet und seit 14 Jahren in den Vereinigten Staaten seinen Wohnsitz hat.

§ 6. Im Fall der Amtsentsetzung des Präsidenten, scines Todes, seines Rücktritts oder seiner Unfähigkeit, die Rechte und Pflichten seines Amtes wahrzunehmen, hat der Vizepräsident sein Amt zu versehen. Für den Fall der Amtsentsetzung, des Todes, des Verzichts oder der Unfähigkeit des Präsidenten sowohl als des Vizepräsidenten ist der Kongreß zuständig, durch Gesetz zu bestimmen, welcher Beamte alsdann die Befugnisse des Präsidenten ausüben soll. Dieser Beamte hat demgemäß das Amt des Präsidenten zu führen, bis die Unfähigkeit beseitigt oder ein Präsident gewählt sein wird.

§ 7. Der Präsident erhält zu bestimmten Zeiten für seine Dienste eine Entschädigung, die während der Zeit, für welche er erwählt ist, weder erhöht noch verringert werden darf. Innerhalb dieser Zeit darf er weder von den Vereinigten Staaten noch von einem einzelnen Staate irgendwelche andere Einkünfte beziehen.

§ 8. Bevor er sein Amt antritt, hat er einen Eid oder ein Gelöbnis dahin abzulegen:

„Ich schwöre (oder gelobe) feierlich, daß ich das Amt des Präsidenten der Vereinigten Staaten getreulich ausüben und nach meinen besten Kräften die Verfassung der Vereinigten Staaten erhalten, schützen und verteidigen werde."

Artikel III. Die richterliche Gewalt.

Abschnitt I.

Die richterliche Gewalt der Vereinigten Staaten liegt in den Händen eines obersten Gerichtshofs und so vieler Untergerichte, als der Kongreß von Zeit zu Zeit einsetzen will. Die Richter des obersten Gerichtshofes sowohl als der Untergerichte werden auf Lebenszeit ernannt. Zu festgesetzten Zeiten erhalten sie für ihre Dienste eine Entschädigung, die während ihrer Amtsdauer nicht verringert werden darf.

Abschnitt II.

§ 1. Die richterliche Gewalt soll sich auf alle Fälle, von Gesetzesrecht und Billigkeitsrecht erstrecken, die unter dieser Verfassung, unter den Gesetzen der Vereinigten Staaten und unter den Verträgen entstehen, die unter der Hoheit derselben geschlossen sind; auf alle Fälle, welche Botschafter, andere diplomatische Vertreter oder Konsuln betreffen, auf alle Fälle der Admiralität und Seegerichtsbarkeit; auf Streitigkeiten, in denen die Vereinigten Staaten Partei sind; auf Streitigkeiten zwischen zwei und mehreren Staaten, zwischen einem Staate und den Bürgern eines andern Staats, zwischen Bürgern verschiedener Staaten, zwischen

Bürgern desselben Staats über Ansprüche auf Land auf Grund von Rechtstiteln, die in verschiedenen Staaten erworben wurden, und zwischen einem Staate oder dessen Bürgern und fremden Staaten oder deren Bürgern.

§ 2. In allen Fällen, welche Botschafter, andere diplomatische Vertreter und Konsuln betreffen, und in solchen, in welchen ein Staat Partei ist, entscheidet der oberste Gerichtshof in erster und letzter Instanz. In allen andern oben erwähnten Fällen aber entscheidet der oberste Gerichtshof in der Berufungsinstanz sowohl in Rechts- als Tatfragen, und zwar mit den Ausnahmen und unter Anwendung der Prozeßordnung, die der Kongreß festsetzt.

§ 3. Die Aburteilung aller Verbrechen, mit Ausnahme der Anklagefälle vor dem Senat, erfolgt durch Geschworenengerichte, und zwar in demjenigen Staate, in dem das Verbrechen begangen wurde. Liegt der Begehungsort nicht in einem der einzelnen Staaten, so bestimmt der Kongreß das zuständige Gericht.

Abschnitt III.

§ 1. Hochverrat gegen die Vereinigten Staaten besteht allein in der Herbeiführung eines Krieges gegen dieselben oder in der Gewährung von Hilfe und Unterstützung an die Feinde derselben. Niemand darf des Hochverrats schuldig erklärt werden ohne die eidliche Aussage zweier Zeugen über dieselbe Tat, ausgenommen im Falle eines gerichtlichen Geständnisses.

§ 2. Der Kongreß ist zuständig, die Strafe des Hochverrats zu bestimmen. Mit der Verurteilung wegen Hochverrats darf jedoch der Verlust der Rechtsfähigkeit oder die Vermögenseinziehung auf keine längere Zeit verbunden werden als die Lebensdauer des Verurteilten.

Artikel V. Verfassungsänderung.

Der Kongreß hat, wenn zwei Drittel beider Häuser es für notwendig erachten, Zusätze zu dieser Verfassung vorzuschlagen oder auf das Ansuchen der gesetzgebenden Versammlungen von zwei Dritteln der einzelnen Staaten einen Konvent zu diesem Zwecke zusammenzurufen. In beiden Fällen gelten die Abänderungen ihrem ganzen Inhalt und Zwecke nach als Teile dieser Verfassung, sobald sie durch die gesetzgebenden Versammlungen von drei Vierteln der einzelnen Staaten oder von drei Vierteln der Mitglieder der Konvention genehmigt worden sind, je nachdem der eine oder die andere Art der Genehmigung vom Kongreß bestimmt ist; vorbehalten wird, daß keine Verbesserung, die vor dem Jahre 1808 gemacht wird, den ersten und vierten Satz im neunten Abschnitt des ersten Artikels irgendwie verletzen, und daß kein Staat ohne seine Einwilligung seines gleichen Stimmrechtes im Senat beraubt werden darf.

Zusätze und Abänderungen.

Artikel I.

Der Kongreß darf kein Gesetz erlassen, welches die Einführung einer Religion bezweckt, oder die freie Ausübung einer Religion hindert, oder die Freiheit der Rede oder der Presse oder das Recht des Volkes verkürzt, sich friedlich zu versammeln und bei der Regierung um Abhilfe von Beschwerden nachzusuchen.

Artikel II.

Da eine wohleingerichtete Miliz zur Sicherheit eines freien Staates notwendig ist, darf das Recht des Volkes, Waffen zutragen, nicht beschränkt werden.

Artikel IV.

Das Recht des einzelnen, hinsichtlich seiner Person, seines Hauses, seiner Papiere und seines Eigentums gegen unbegründete Durchsuchungen und Beschlagnahmen sicher zu sein, darf nicht verletzt werden. Ein Haftbefehl darf nur erlassen werden, wenn ein hinreichender, durch Eid oder Gelöbnis unterstützter Verdachtsgrund vorhanden ist. Der zu durchsuchende Ort und die zu verhaftenden Personen oder zu beschlagnahmenden Gegenstände sind im Haftbefehl zu bezeichnen.

Artikel VI.

In allen Strafsachen hat der Angeklagte ein Recht auf eine baldige und öffentliche Verhandlung vor einer unparteiischen Geschworenenbank des Staates und Bezirkes, innerhalb dessen das Verbrechen begangen wurde; das zuständige Gericht muß vorher gesetzlich bestimmt sein. Der Angeklagte ist mit dem Gegenstand und Grund der Anklage bekannt zu machen und den gegen ihn auftretenden Zeugen gegenüber zu stellen; er kann verlangen, daß von Amts wegen Entlastungszeugen geladen werden, und daß ihm ein rechtsgelehrter Verteidiger beigeordnet wird.

Artikel VII.

In Sachen des bürgerlichen Rechtes, in denen der Streitwert 20 Dollar übersteigt, besteht ein Anspruch auf Entscheidung durch Geschworene. Keine von einem Schwurgericht festgestellte Tatsache darf von irgendeinem Gerichtshof der Vereinigten Staaten auf andere Weise einer Nachprüfung unterzogen werden, als nach den Regeln des gemeinen Rechts.

Artikel XIII.

§ 1. In den Vereinigten Staaten oder in einem Gebiete, das ihrer Hoheit unterworfen ist, darf weder Sklaverei noch unfreiwillige Dienstbarkeit bestehen, ausgenommen als Strafe für ein Verbrechen, dessen die betreffende Person im ordentlichen Verfahren überführt worden ist.

Artikel XV.

Das Stimmrecht eines Bürgers der Vereinigten Staaten darf weder von den Vereinigten Staaten noch von einem Einzelstaate wegen seiner Abstammung, Hautfarbe, oder weil er vorher ein Sklave war, entzogen oder verkürzt werden.

Im Zwischendeck bei bewegter See.

Die Zwischendecker, die über Berlin nach Bremen fahren, nehmen meist den Nachtzug, der 12:18 vom Lehrter Bahnhof abfährt. Er besteht in der Hauptsache aus Wagen IV. Klasse, und man kommt erst am hellen Tag in Bremen an, spart also ein Nachtquartier. Ich fuhr ebenfalls mit diesem Zug. Mit mir fuhren in der Hauptsache Polen, Slowaken und galizische Juden, die es sich auf den Bänken und auf dem Boden möglichst bequem machten, rauchten, spuckten, schnapsten und penetrant nach Knoblauch und Zwiebeln rochen. Säuglinge schrien und wurden mit Schnaps zur Ruhe gebracht. Kleine Kinder lärmten und juckten sich oder wurden von älteren Verwandten nach den Urhebern des Juckens durchsucht, bis alles endlich in einen bleiernen Schlaf verfiel, aus dem man immer wieder schauernd auffuhr, denn die Nacht war bitter kalt. Ungeziefer bekam ich zu Anfang der Fahrt zwar genug zu sehen, dann aber nicht mehr. Es hatte sich vor der Kälte möglichst tief in die Kleider, Tücher, Kisten und Kasten verkrochen. Immerhin, als wir in Stendal umstiegen, wäre ich gerne endgültig ausgestiegen, wie ich offen bekennen muß.

In Bremen harrten Bahnhofspolizei, Auswandereragenten und Angestellte des Lloyd der Scharen und trieben sie rudelweise in die Auswandererhallen und Auswandergasthöfe. Ich riß aus und schlüpfte in einem kleinen Hotel unter, um mich von dem nächtlichen Spuk zu erholen. Es gelang aber erst einigermaßen bei einigen Gläsern Wein im Ratskeller, das Glas zu 30 Pf.

Am Mittag tauschte ich meinen „Ausweis“ gegen das Billett um und hatte mich um drei Uhr mit dem Billett und einer „Doktorkarte“ zur Gepäckhalle des Lloyd zur ärztlichen Untersuchung zu begeben. Hier warteten schon ganze Scharen Männer, Weiber und Kinder: Südslawen und Polen, die Weiber in bunten Kopftüchern und roten Röcken, Ungarn, einige ihrer Weiber in hohen Stiefeln, Russen in langen Röcken und schweren Mützen, galizische Juden in verschabten Kaftanen und auch etwa ein Dutzend Deutsche. Je zwei und zwei wurden wir vor die Doktores getrieben, die in weißem Kittel und weißer Schürze etwas schlächtermäßig aussahen, mußten den linken Arm entblößen, um geimpft zu werden, und bekamen die Augen kräftig auseinandergerissen, daß sie tränten. Amerika läßt niemanden mehr an Land, der nicht geimpft oder der augenkrank ist. Es fiel angenehm auf, wie geduldig und höflich alle Angestellten waren. Nur die Doktores zeigten sich knurrig und kurz angebunden. Darauf wurden die Herden wieder in ihre Quartiere getrieben, und nur einige Deutsche standen noch eine Weile herum, musterten sich mißtrauisch und verliefen sich dann einzeln.

Am nächsten Morgen halbsieben Uhr hatten wir wieder an der Gepäckhalle zu sein und wurden in einem Sonderzug nach Bremerhaven verladen. Die Passagiere I. und II. Kajüte fuhren später in zwei anderen Sonderzügen. Zuerst wurden die östlichen Völker verladen, zuletzt die Deutschen, die man nach Möglichkeit absonderte, ein humanes und vernünftiges Verfahren, das leider nicht bei allen Schiffahrtsgesellschaften herrscht, wie mir spätere Kameraden berichteten. Human und verständig deshalb, weil auch der geringste Deutsche noch turmhoch über den östlichen Völkern steht, was Sauberkeit und erträgliche Manieren anlangt. Eine Frucht der Volksschule und der Soldatenzeit.

Im Zug wurden die ersten Bekanntschaften gemacht. „Fahren Sie auch nach Amerika? Fahren Sie zum erstenmal?“ Damit war man bekannt und unterhielt sich. Ich lernte so ein älteres Ehepaar mit vier heranwachsenden Kindern kennen. Er war zwanzig Jahre Farmer in Amerika gewesen und wollte sein Erspartes in einem Gut der Ansiedlungskommission in Westpreußen anlegen. Aber die vielen „Vorschriften“, die es da gab, behagten ihm nicht; und die Kinder, in Amerika geboren, wollten um keinen Preis in Deutschland aufs Land. So fuhren sie denn rasch entschlossen sofort wieder nach Amerika zurück – der Aufenthalt in Deutschland hatte zehn Tage gedauert –, um sich im westlichsten Westen wieder eine Farm zu erstehen und die beiden größeren Kinder in die nächste Stadt zur Arbeit zu schicken.

Nach etwa einer Stunde hielten wir direkt vor unserem Riesendampfer. Die Schiffskapelle spielte fröhliche Weisen, was zu meiner Stimmung jedenfalls nicht paßte, und im Nu bedeckten die östlichen Völker außer den Juden, die sich wie die Deutschen zurückhielten, mit Sack und Pack das ganze „Zwischendeck", das niedrig gelegene Deck zwischen der erhöhten Back, der Spitze des Schiffes, und dem erhöhten Deck der I. Kajüte in der Mitte des Schiffes. Ein wirres Durcheinander von 400 Männern, Weibern und Kindern, in das Agenten und Matrosen erst nach längerer Zeit einige Ordnung brachten. Wieder wurden die östlichen Völker zuerst untergebracht, dann die Juden und schließlich die Deutschen. Zu den „Deutschen" zählten auch die Österreicher und Ungarn, soweit sie ein wenig Deutsch radebrechen konnten, sowie einige Kroaten, die sich desselben Radebrechens befleißigten. Einige von ihnen wurden später noch zu ihren Landsleuten befördert. Einige Schmierfinken blieben aber bei uns.

Unter der Back in der Spitze unseres Schiffes, dessen Name ich nicht nenne, um ganz unbefangen erzählen zu können – aus demselben Grund gab ich auch nicht den Tag meiner Abreise an –, befanden sich zwei schmale, wenig helle Gänge. An dem einen lagen der Waschraum und die Toilette für die Frauen. An dem anderen dieselben Räumlichkeiten für die Männer. Zwischen diesen beiden Gängen die Küche für die Zwischendecker und einige quadratische Löcher, von eisernen Ketten umzäunt, daß man nicht ins Bodenlose stürzte. Durch diese Löcher gelangt man auf entsprechenden Treppen, einen Stock tiefer zu den Schlafräumen: „Abteilung für ledige Männer", „Abteilung für Familien". In gleicher Ebene, aber unter der I. Kajüte lagen die Abteilungen „für ledige Frauen" und noch eine für Familien. Noch einen Stock tiefer, also zwei Stock unter der Back noch einmal ähnliche Räume, die aber diesmal nur von einigen Passagieren zum Essen benutzt wurden. Wir waren nur 420 Zwischendecker, während das Schiff 800 aufnehmen konnte. Wir hatten also beträchtlich mehr Platz als die Zwischendecker, die z. B. im Frühjahr fahren, wo die meisten auswandern.

Ich kletterte mit den anderen Deutschen zu unserem Raum für ledige Männer, belegte schleunigst ein oberes Bett direkt am Aufgang und machte, daß ich wieder ins Freie kam, denn die Luft dort unten benahm mir den Atem. Im Freien, auf dem eigentlichen „Zwischendeck“, hatten es sich derweil die östlichen Völker schon mit Kind und Kegel bequem gemacht, laut und lustig wie die Spatzen. Ich kletterte auf einer der beiden Hühnerleitern auf die Back, wo zwischen Ankerketten, Seilen und dergleichen noch einiger Platz war.

„Fahren Sie zum erstenmal nach Amerika?“ fragte ein älterer, untersetzter Mann mit Brille. Ich bejahte und erfuhr bald von ihm, einem Schlesier, daß er nur zu Besuch bei seiner Tochter in Deutschland gewesen. Von Haus aus Tischler, setzte er seit 20 Jahren in einer Fabrik in Albany, N. Y., kleinere Maschinenteile für Automobile zusammen. Zu uns gesellte sich bald ein kräftiger Westpreuße, der einer Erbschaft wegen nach „draußen“ gefahren war. Er war seit zwölf Jahren Vorarbeiter in einer Fabrik in Milwaukee, Wis. Beide hatten II. Kajüte fahren wollen, aber keinen Platz mehr gefunden. Ich stieß aber noch so oft auf diese Behauptung, daß ich annehme, es war mehr eine verschämte Ausrede. In der Nähe stand ein rothaariger, stark schielender Mann. Der Westpreuße meinte mit einem Blick auf ihn, er habe „draußen“ einen Freund gehabt, der habe ein Schwein schlachten wollen und seinen Nachbar gebeten, es so lange zu halten. Als der Freund nun das Beil hob, um zuzuschlagen, habe der Nachbar erschrocken gerufen: „Mann, wenn du dahin haust, wo du guckst, schlägst du mir dot un nich das Schwein!“ Der Westpreuße schüttelte sich vor Lachen; – aber mit dem Schielenden wurden wir bald ebenfalls gut Freund. Es war ein pfälzer Landwirt, der zum zweitenmal sein Glück in Amerika suchen ging und es bei einem Freund in einer Fabrik im Staate Neuyork zu finden hoffte. Rechne ich dazu noch einen Gerbergesellen aus Thorn, der schon amerikanischer Bürger war und in einer Gerberei in Wisconsin arbeitet, so habe ich alle beisammen, die wie ich schon die dreißiger Jahre hinter sich hatten, aber im Unterschied von mir alle Amerika schon kannten und eine bestimmte „Profession“ hatten. Die anderen „Deutschen“ waren lauter junge Leute, die sich zum Teil auf zwei Jahre vom Militärdienst hatten zurückstellen lassen. Aber nicht einer war unter ihnen, der wie ich ins Blaue über den großen Teich ging. Jeder hatte seine bestimmte Profession, er war Barbier, Koch, Landwirt, Fabrikarbeiter oder dergleichen. Und jeder hatte Freunde oder Verwandte drüben, die ihn aufnahmen und ihm weiterhalfen. Auch hatte jeder mehr Geld bei sich als ich. Nach mir der nächst Ärmste war ein Bäckergeselle aus der Steiermark. Er besaß 30 Dollar und ein Billett bis Chicago, wo er ebenfalls erwartet wurde.

Als sich das Schiff in Bewegung setzen wollte, wurden wir Zwischendecker durch eine Art Kuhglocke zum Essen unter Deck gerufen. In unserem Schlafraum, wo wir zu 32 waren, standen an der einen Längs- und der einen Querwand in zwei Reihen übereinander die Betten, schmale Eisengestelle, durch einen Strohsack ausgefüllt, der am Kopfende etwas dicker war und so ein Kopfkissen markierte. Auf dem Strohsack lag eine wollene Decke. Zwischen jedem Kopfkissen und den Eisenstangen waren ein Gefäß nach Art einer Milchkanne, ein Blechlöffel und eine Gabel aus Blech verstaut. Darunter eine Schwimmweste für alle Fälle. An der anderen Längswand, der äußeren Schiffswand, ein langer schmaler Holztisch wie ein Bügelbrett. In der Mitte des Zimmers ein zweiter solcher Tisch. Auf den Tischen viele Blechteller und zwischen ihnen riesige Blechgefäße. Das eine war mit Suppe angefüllt, ein anderes mit Kartoffeln, das dritte mit Brot, das vierte mit Fleisch. Ich holte mir wie die anderen unter dem Kopfkissen Löffel und Gabel hervor; und da der Schlesier mit der Brille schon eifrig beim Essen war, versuchte ich es ebenfalls. Die Speisen waren gut und kräftig, aber an diesem ersten Mittag aß ich nicht viel, sondern beeilte mich, wieder auf Deck zu kommen. Das viele Blech, der Geruch der Speisen und Menschen, – man gewöhnt sich erst mit der Zeit daran.

Wieder stand ich auf der Back, sah aber nicht viel von dem, was ringsum vorging. Mir graute vor der ersten Nacht in dem Schlaf- und Eßraum dort unten. Man versenkt sich nicht in Natur und Menschen, wenn man sich vor seinem Nachtquartier fürchtet, dem man nicht entrinnen kann.

Plötzlich rief eine Stimme laut zur Back hinauf: „Is jimmond do von die Koschere?“

„Jo,“ antwortete es.

„Kimm's mit!“ hieß es. Die Juden aßen jetzt erst, abgesondert von allen andern, wie es ihre Religion vorschreibt. Als man dann gewahr wurde, wie sie Dinge erhielten, um die sie beneidet wurden, nämlich stets Heringe, Eier und koschere Wurst, kam eine feindliche Stimmung auf, die fortan von dem Zwischendeck nicht mehr wich. Die Juden fühlten das und wurden selbstverständlich ihrerseits auch nicht liebenswürdiger. Sie dachten: Nicht einmal auf dem Schiff läßt man uns zufrieden. Die Deutschen dachten: Natürlich, sogar auf dem Schiff bekommen sie ihre Extrawurst und haben es besser als wir. Nur die Südslawen kümmerten sich um nichts dergleichen. Für sie bedeuteten die acht Tage auf dem Schiff acht Feiertage. Sie hatten ein besseres Lager als sonst. Sie bekamen besseres und reichlicheres Essen, als sie es gewöhnt waren. Und vor allen Dingen hatten sie nichts zu tun, keine Arbeit. Um die Zukunft machten sie sich auch keine Sorge, denn in Neuyork wurden sie von ihren Agenten weiter verladen, um, wenn ihre Zeit vorbei war, meist fünf Jahre, wieder in die Heimat zurückzukehren oder sich derweil bei günstiger Gelegenheit in Amerika selbständig zu machen. Diese Völkerschaften sind, wie ich hörte, den Vereinigten Staaten gegenüber sozusagen überhaupt nicht für sich verantwortlich. Die Verantwortung für sie trägt der Agent, der sie kommen läßt.

Um zwei Uhr gab es Kaffee, für meinen Gaumen nicht genießbar, mit Brot und Butter. Meinen Stubenkameraden schmeckte er. Um fünf Uhr Abendessen: Tee, an den ich mich nicht gewöhnen konnte, eine Fleischspeise, Kartoffeln und Brot.

Der Glanzpunkt dieser Abendmahlzeiten bestand in Pellkartoffeln und Hering, was es aber nur einmal gab. Zum Frühstück morgens gegen sieben Uhr: Kaffee und Hafersuppe, woran ich mich hielt, sowie Brot und Pflaumenmus, das vortrefflich mundete. Das Essen war stets kräftig und sauber, ausgesprochen norddeutscher Art, was mit Grund mir den

Süddeutschen und Österreichern nicht immer schmecken konnte. Jede Mahlzeit wurde vorher von einem Schiffsoffizier probiert. Ein solcher war immer zu erreichen, nahm Beschwerden entgegen und suchte sie, wenn sie ihm berechtigt schienen, abzustellen. Außerdem stand dem Zwischendeck für alle Wünsche stets der Dolmetscher zur Verfügung, ein lebhafter Ungar, der außer Deutsch alle slawischen Sprachen beherrschte. Er erfreute sich allgemeiner Beliebtheit. Ferner konnte man jederzeit in der Zwischendecksschenke zu annehmbarem Preis Apfel, Apfelsinen, Sardinen, Kakes, Zigarren und Zigaretten erhalten. Nur das Bier, 25 Pf. für ein kleines Glas, war entschieden zu teuer.

Derweil machte man neue Bekanntschaften: einen achtzehnjährigen Badenser, der kochen gelernt hatte, einen Wiener Friseurgehilfen, der auf papageiengrünen Pantoffeln guter Dinge war, bis ihn die Seekrankheit dahinraffte, einen schweigsamen Jüngling aus Hannover, der als Landwirt zu einem Freund auf eine Farm nach Nebraska ging, und einen zudringlichen Kroaten, der ein wunderliches Deutsch sprach. Er machte für eine Fabrik Ledertaschen, wie er sagte, und hatte schon nach wenigen Stunden mit einem Wiener Mädel angebändelt, die sich mit den Eltern überworfen hatte und nun zu einer Freundin nach Chicago wollte. Man wußte bald umeinander Bescheid. Nur meine Person verursachte einiges Kopfzerbrechen. Ich hatte mich nämlich nicht als Arbeiter oder dergleichen verkleidet; denn das hätte mir auf die Dauer doch niemand geglaubt. Sondern ich war von Berlin abgefahren, wie ich ging und stand. Nur nicht gerade im besten Anzug. Ich hatte schon bei früheren etwas abenteuerlichen Exkursionen erfahren, daß man am besten tut, seinen äußeren Menschen nicht zu ändern. Der neue Kreis wird sonst sofort mißtrauisch, denn man verrät sich ja doch einmal. Hier hätten schon meine Hände verraten, daß ich kein Handwerker war. Man hilft sich viel leichter durch, wenn man dem Äußeren nach ungefähr bleibt, was man ist, und sich dann in der Rolle versucht, welche die neuen Kameraden einem zuweisen. Ich merkte sehr bald, daß man mich für einen Schulmeister nahm, der etwas ausgefressen hatte, weil er von sich selbst so wenig sprach, und deshalb nach Amerika mußte. Mir war es recht so, da man mir meine „Verfehlungen" nicht weiter übel nahm.

Solange es irgend ging, blieb ich auf Deck. Da die wenigen Bänke mehr als besetzt waren, und es sich die slawischen Frauen mit ihren Kindern auf dem Boden möglichst bequem machten, konnte man nur ab und zu wenige Schritte gehen und stand die meiste Zeit auf demselben Fleck. Eine Strapaze, die nicht nur ich empfand; denn manch anderer hielt ihr nur bis sieben Uhr abends stand und verschwand dann im Schlafraum. Ich hielt aus bis gegen zehn Uhr und mußte dann den Wasserfluten weichen, die sich über das Deck ergossen, um es zu reinigen.

Der Raum für „ledige Männer", zu dem ich gehörte, wurde von zwei elektrischen Birnen matt erleuchtet. Die eine befand sich dicht an meinem Bett. In dem Bett unter mir schnarchte der Schlesier mit der Brille schon voller Behagen. Von irgendwelcher Nachttoilette konnte hier nicht gut die Rede sein; Handtaschen und Koffer hatte jeder am Fußende seines Bettes untergebracht. Wohl, damit in der Nacht nichts so leicht gestohlen würde. Ich tat dasselbe. Einige hatten sich gestiefelt und gespornt zu Bett gelegt, andere, die meisten Deutschen, ihre Oberkleider unter dem „Kopfkissen" zusammengerollt. Einige hinwiederum ihre Oberkleider an den Eisenstangen über ihrem Bette angebunden. Ich tat wie sie; und bald lag auch ich in meinem Bett. So eng und unbequem pflegt sonst wohl nur ein Selbstmördersarg zu sein. Mein Nachbar richtete sich auf und musterte mich. Ich tat dasselbe. Jeder hätte dem andern gar zu gern vom Gesicht abgelesen, ob er ein Spitzbube sei. Da dies aber nicht so ohnc weiteres auf Menschengesichtern geschrieben steht, so beobachteten wir einander eine ganze Weile mit Vorsicht und Eindringlichkeit, während die Röcke und Hosen an der Decke leicht zu taumeln begannen.

Die Fensterluken standen auf, und ein leichter Zug strich immer wieder über mein Gesicht. Ich hatte mein Lager also gut gewählt. Trotzdem fühlte ich, wie mein Magen unruhig wurde; denn die Luft kam mir abscheulich vor. Namentlich der süßlich fade Geruch des Knoblauchs, der immer mehr den Raum füllte. Er drang hauptsächlich aus dem

Nebenraum, wo die galizischen Juden untergebracht waren. Drang? Er quoll förmlich aus allen Ritzen. Ich hatte mein Bett schlecht gewählt.

Ich fuhr in die Höhe, denn mir war eingefallen, daß sich in meinem Koffer ein Stück Seife befand. Das holte ich mir und legte mich mit der Nase darauf.

Mein Nachbar saß aufrecht und sah mir aufmerksam zu. Nun lagen wir wieder beide.

„Sie, Herr Nachbar!"

Ich drehe mich ihm zu. Er deutete zur Decke, wo kleine dunkle Wesen hurtig hin und her liefen. „Das heißt man Schwaben," sagte er. Ich nickte denkend und bohrte die Nase wieder in die Seife.

Wieder fuhr ich auf. Was war das für ein verdächtiges Geräusch? Es war nur unser Zimmerwärter, der Sand streute und das Zimmer fegte.

Da rief eine Kommandostimme von oben: „Fenster schließen, Schotten dicht machen!"

Der Wärter schloß die Fensterluken und machte die Schotte, zu der wir gehörten, dicht. Der ganze Schiffsraum ist bekanntlich in „Schotten" eingeteilt, die einzeln geschlossen werden können, so daß bei einem Zusammenstoß oder Auflaufen nur die eine oder andere Schotte voll Wasser läuft, während das Schiff als Ganzes noch einigermaßen manövrierfähig bleibt.

Die Kleidungsstücke an den Decken fingen an, sich kräftiger zu bewegen. Mein Rock legte sich mir plötzlich auf das Gesicht und stand kurz darauf wieder weit ab von mir. „Bewegte See" kündete sich an. Das Schiff schaukelte von rechts nach links. Es schnarchte niemand mehr. Die meisten lagen jetzt wach wie ich. So mochte eine gute Stunde vergehen, dann hörte ich wieder schnarchen. Und dann schlief ich auf meiner Seife ebenfalls ein.

Ich kam erst wieder zu mir infolge einer ganz neuen höchst unangenehmen Empfindung. Es war, als würde der Körper nach der Decke zu wie eine Ziehharmonika auseinandergezogen, um bald darauf wieder auf den Strohsack, nein, in den Strohsack hineingepreßt zu werden. Eine raffinierte Tortur. Hier und da begann einer meiner Schlafkameraden zu wimmern und zu ächzen. Nun hatte man das Gefühl, als würde auch das Gehirn auseinandergezogen und dann wieder zusammengedrückt. Das Schiff schaukelte nicht mehr, sondern es „stampfte". Es fuhr gegen Wind und Wellen, und seine Spitze hob sich hoch aus dem Wasser, um nach einer Weile wieder in die See zu schlagen. Das wiederholte sich unausgesetzt, stundenlang. „Bewegte See", wie die Matrosen es nannten. Wir nannten es Sturm.

Die Seekrankheit forderte, wie sich hören ließ, ihre ersten Opfer. Der Knoblauchduft, die „Schwaben", die fürchterliche Luft, das Wimmern und Ächzen ringsum, – wie sollte ich hier der Seekrankheit entgehen, an der ich, trotz mancher stürmischen Fahrt, noch nie gelitten? Ich kämpfte einen verzweifelten Kampf in dem Bewußtsein, schließlich doch unterliegen zu müssen. Da fand ich rein instinktiv ein Mittel, das mich für die ganze Überfahrt vor Seekrankheit bewahrt hat. Da ich in Amerika doch kein smarter Businessman geworden bin, sei es den Seefahrenden unter den Lesern hier gratis als probat empfohlen und mitgeteilt. Hob sich nämlich die Spitze des Schiffs aus dem Wasser, so daß es schien, als würde der Körper plattgedrückt wie ein Kuchenteig, dann atmete ich langsam aus, daß auch die Lunge sozusagen platt zusammengedrückt wurde. Senkte sich die Spitze des Schiffs wieder ins Meer, so daß der Körper auseinandergezogen wurde wie eine Ziehharmonika, pumpte ich langsam die Lunge voll Luft, und wenn sie auch nach Knoblauch roch. Schon nach ganz kurzer Zeit vollzog sich diese Lungengymnastik ganz von selbst genau im Rhythmus des „stampfenden" Schiffes, und nach einer Weile ging sie rein mechanisch vor sich, ohne daß ich noch besonders darauf zu achten brauchte. Vermutlich hilft dies Mittel auch andern, wenn sie nicht sofort den Kopf verlieren.

Von den 32 Passagieren unseres Raumes blieben nur drei in dieser Nacht von der Seekrankheit verschont. Die anderen opferten ihr. Die Deutschen gaben sich wenigstens Mühe, dabei einigermaßen manierlich zu bleiben, die „Deutschen" kannten weder Rücksicht auf ihre Bettgenossen, noch auf die Betten, noch auf das Schiff. Und nun erst die Polen und Slowaken! Und erst ihre Frauen! Es spottet jeder Beschreibung, und im Interesse der Leser sei eine solche hier gar nicht erst versucht. Wohl aber muß berichtet werden, daß die Wärter und Matrosen unermüdlich tätig waren, den Räumen wie dem Deck immer wieder ein menschenwürdiges Aussehen zu geben.

Nachdem ich dies mitgemacht hatte, erkannte ich zum erstenmal, welch gute Vorschule für Amerika so ein Zwischendeck für einen deklassierten Gebildeten ist. Er spart an Lehrgeld „drinnen" („draußen" ist Europa), wenn er das mitmacht. Übersteht er diese Vorschule schlecht, so fahre er lieber gleich wieder zurück. Denn wenn er diese erste Feuerprobe auf den Magen, die Nerven und die Energie nicht besteht, wird er, fürchte ich, dem, was ihn „drinnen" erwartet, sehr bald unterliegen.

Am anderen Morgen glaubten wir das Schlimmste hinter uns zu haben, da die See wieder ruhig war. Matt und elend lagen die meisten herum und schwuren, hätten sie das gewußt, wären sie nie nach Amerika gefahren; und wenn es irgendeine Gelegenheit gäbe, jetzt umzusteigen, sie würden sofort wieder nach Deutschland zurückkehren. Es gab aber keine solche Gelegenheit.

Für meine Kameraden bedeutete die Seekrankheit ihr schlimmstes Erlebnis auf dieser Fahrt. Wäre ich seekrank geworden, würde es am Ende bei mir nicht anders sein. So aber habe ich Schlimmeres kennen gelernt.

Im Zwischendeck bei Nebel.

Von unseren Seekranken blieben nach jener Nacht vierzig bis fünfzig einfach im Bett liegen und rührten sich fortan drei bis vier Tage, und Nächte lang nicht mehr vom Fleck. Hatte man sich erst ein wenig an den Schlaf- und Eßraum gewöhnt, so konnte man sagen, es sei im Grunde nicht gar so viel anders wie in einem Mannschaftszimmer in der Kaserne. Nun zeigte sich aber der Unterschied. Wir Zwischendecker waren keine Soldaten, sondern Passagiere, die man nicht mit Gewalt vom Strohsack jagen konnte. Half freundliches oder energisches Zureden nicht, so mußte man die Leute eben liegen lassen, wo sie lagen. In unserem Zimmer gab es drei ungarische und einen kroatischen Jüngling solcher Art, die in ihren Koffern auch noch Schnaps, Schinken, Salami und Zwiebeln führten. Es war heiß dort unten, wo sie lagen; und weder die Menschen, die sich auf ihrem Lager sielten, noch die Eßwaren wurden durch das Liegen besser. Also blieb keiner von den anderen länger unten, als er unbedingt mußte. Es gab für uns dort unten zwar auch ein Rauchzimmer, aber es war so sehr von Polen und Slowaken besetzt und bespuckt, daß man es mied. Je länger die Fahrt dauerte, um so mehr war man ausschließlich auf das Deck angewiesen und die Back. Auf dem „Zwischendeck" lagen die östlichen Frauen und Kinder. Wer von ihnen noch irgend konnte, aß unentwegt Apfelsinen, Äpfel, Kakes und mitgebrachte Zwiebeln und warf die Abfälle einfach um sich. Die männliche Jugend dieser Völker verfuhr genau so, nur spuckte sie auch noch unausgesetzt. Zwei Leichtmatrosen, die alle vier Stunden wechselten, hatten den ganzen Tag über nichts weiter zu tun, als den Unrat zu entfernen. Sie taten es mit unerschütterlichem Gleichmut Tag für Tag. Auf der Back sah es nicht so schlimm aus, aber auf ihr zog es gewaltig, so daß man es meist nicht sehr lange hier aushielt.

So verließ ich denn schon morgens um vier mein ambrosisches Lager, um beim Waschen unter den ersten zu sein, denn dann sah der Waschraum noch erträglich aus. Darauf stand man fast ununterbrochen bis acht oder neun Uhr abends auf Deck oder in den engen Gängen herum zwischen den spuckenden, kauenden, nach Knoblauch und Zwiebeln duftenden östlichen Herrschaften. Auf eine Bank setzte man sich kaum für Minuten aus Angst vor Ungeziefer. Diese Angst teilten alle Deutschen. Ich war in dem Punkt sogar weniger ängstlich als andere, die üble Erfahrung schon gewitzigt hatte; und wenn wir Deutsche bis zum Schluß von Kleiderläusen verschont blieben, so kommt mir das wie ein Wunder vor, das überhaupt nur durch den Kapitän möglich wurde, der seine Mannschaft im Zwischendeck unentwegt waschen und kehren ließ.

Gehen konnte man ab und zu, wenn sich gerade einmal eine hohle Gasse bildete, einige Schritte. Man stand also von den vierundzwanzig Stunden des Tags gut und gern vierzehn Stunden herum. Auf die Dauer eine schwere Qual, die kaum zu ertragen war. Schlimmer noch als Seekrankheit. Stumpf und dumpf wurden Kopf und Glieder, und ohne den „Kukai“ wäre es überhaupt nicht auszuhalten gewesen. Diesen Spitznamen erhielt ein junger Ungar, weil er, als die ersten Rudel Schweinsfische auf hoher See wie eine Herde Ferkel über das Wasser zum Schiff gesprungen kamen, gar so kindlich und fassungslos-begeistert immer wieder gerufen hatte: „Kukai, ribbi, ribbi!“ (Gucke, Fische, Fische!) Der „Kukai“ war unser Spaßvogel, für alles interessiert und in jedem Winkel gleichzeitig. Er repräsentierte in Reinkultur, was irgend an unbedenklicher Lebenslust im Zwischendeck vorhanden war, sich aber überhaupt nur bei den Slawen bemerkbar machte. Er zeigte sich aber auch einmal von einer ernsthaften Seite. Einigen Amerikanerinnen nämlich, die I. Kajüte fuhren, mochte das Zwischendeck so etwas wie eine Menagerie fremdartiger Tiere vorstellen, von deren Anblick sie sich nicht trennen konnten. Eine unter ihnen warf einmal ein Paar alte Handschuhe zu uns herab. Wie man wohl einen wertlosen Gegenstand in einen gar zu friedlichen Bärenzwinger wirft, um die Bestien zu reizen. Da nichts erfolgte, weil außer mir niemand darauf geachtet hatte, holte sie einen alten Strumpf und warf ihn den Handschuhen nach. Das sah der „Kukai“, ballte den ganzen Kram zusammen und warf ihn der Dame ins Gesicht. Sie ließ sich seitdem nicht mehr blicken. Ein so maßlos vor Wut verzerrtes Gesicht wie das unseres „Kukai“ hatte sie wohl noch nicht gesehen. Wackerer Kukai! Möge es dir in Chicago wohlergehen!

Zuweilen, wenn es dunkel wurde, tanzten die Leichtmatrosen bei uns zu einer Ziehharmonika und einer Trommel. Zuweilen sangen auch einige Mädchen und Burschen, Schwaben, deren Eltern sich in Ungarn angesiedelt hatten. Die Kinder duldete es nicht länger in der zweiten Heimat. Nun suchten sie in Amerika eine dritte. Sie sangen: „Am Brunnen vor dem Tore, da steht ein Lindenbaum.“ Und am Nachmittag vor der letzten Nacht an Bord kam sogar die Musik zu uns. Das Zwischendeck fühlte sich sehr geehrt. Aber sie spielte Konzertstücke, wie sie es in der I. Kajüte gewohnt war. Uns hätte ein flotter Walzer oder ein frecher Gassenhauer wohler getan.

Das sind so einige Lichtpunkte in dem Grau wachsender Langeweile und zunehmender Übermüdung. Sonst stand man oben und zählte die Stunden. Brockenweise und in langen Zwischenräumen erfuhr man dabei dies und jenes aus dem Leben seiner Kameraden. Der Westpreuße war in seiner Heimat an einer städtischen Sandgrube tätig gewesen. Da kam ein besonders sparsamer Baurat, der fand, daß man die Straßen nicht gar so hitzig zu pflastern brauche, und mein Westpreuße wurde am Lohn gekürzt. Deshalb ging er nach Amerika und ließ Frau und Kinder nachkommen. Die Frau verdiente als Waschfrau, die älteste Tochter diente als Hausmädchen, so verdiente die Familie ihre achtzig bis neunzig Dollar pro Monat. Da es keine Steuern zu zahlen gab und keine Auslagen für Kranken-, Alters- und Invalidenkassen, konnte man bequem leben und für die alten Tage noch hübsch zurücklegen in Amerika, „wo alle gleich sind, und es nicht einmal auf der Eisenbahn verschiedene Klassen gibt“. Dies gefiel ihm besonders. Alle lobten Amerika uneingeschränkt bis auf den Pfälzer Landwirt. Als dieser zum erstenmal „drinnen“ war, stand eine neue Präsidentenwahl vor der Tür. Da die Demokraten besonders gewaltige Anstrengungen machten, so war für die Fabrikarbeiter die Folge, daß die Republikaner, die mehr Geld haben, einfach die Fabriken schlossen, um sie erst nach drei, vier Tagen wieder aufzumachen. Aber der Arbeiter bekam jetzt nur noch ein Drittel des früheren Lohnes. War ihm das zu wenig, so konnte er eben gehen, niemand hinderte ihn. Es waren schlimme Hungerzeiten für die Arbeiter. Aber, so meinte der Pfälzer, die neue Präsidentenwahl sei ja erst 1912, und bis dahin werde er schon eine gute Stelle bei einem Freunde haben. Das meinten die anderen auch. Das Gespräch ging hin und her, bis ein alter Matrose, der schon dreißig Jahre zwischen Bremen und Neuyork fuhr, die Ansicht aller dahin zusammenfaßte: „Wer nicht stark und nicht ganz gesund ist, der hat es besser in Deutschland, der Kassen und Versicherungen wegen. Die anderen haben es besser in Amerika. Freilich,“ schloß er seufzend, „wer hält sich nicht für stark und gesund, wenn er jung ist.“ Alle stimmten zu. Der alte Matrose hatte auf einen sehr einfachen Satz gebracht, was unseren Kathedersozialisten zu denken geben sollte, ein Problem, das nachgerade unsere Staatsmänner mit Sorge erfüllen könnte.

Sonst interessierte man sich eigentlich nur noch lebhafter für den Kroaten und die kleine Wienerin. An beiden war offenbar nichts Rechtes. Einer erzählte, die beiden wollten in Neuyork sofort heiraten. Man lächelte ungläubig. Ich konnte berichten, die Kleine, die immer seekrank auf Deck lag und von dem Kroaten betreut wurde, habe mir mitgeteilt, sie hätten sich verlobt. Man lächelte erst recht. Ich fragte, ob man schon das Bild gesehen habe, das im Zwischendeck hing: ein junges Mädchen, das einsam und verlassen in sein Taschentuch weint, eine Warnung vor Mädchenhändlern. Man nickte, aber man schwieg, und es war ersichtlich niemanden angenehm, daß ich diese Bemerkung gemacht hatte. Man dachte sich sein Teil, aber ließ die beiden gewähren und wollte nicht eingreifen.

So schlichen die Stunden, man stand und stand, machte ab und zu einen Versuch, sich einige Schritte zu bewegen, und stand dann wieder. Die Qual wurde immer größer, die Glieder schwerer, der Kopf dumpfer. Es regnete, aber man wich nicht von Deck. Und als der Regen dann nachließ, kam Nebel. Immer dichter wurde er und senkte sich in feuchten Wolken auf uns und drang durch alle Kleider. Wohl dreihundert Menschen drängten sich trotzdem auf dem „Zwischendeck“, blaß, müde, erfroren. Da; – ein gellendes Brüllen hoch über unseren Köpfen, ohrenzerreißend, das Nebelhorn, das längst kein Horn mehr ist, sondern eine Dampfpfeife. Die Kinder schrien laut auf vor Entsetzen und mußten bald unter Deck gebracht werden, da sie bei dem gellenden Brüllen förmlich epileptische Zufälle bekamen, diesem Brüllen, das sich nun zehn Stunden lang jede Minute für sechs Sekunden (ich sah auf die Uhr) wiederholte.

Immer dichter wurde der Nebel. Einige versuchten ein lautes Gespräch, um gegen das nervenzerreißende Gellen der Dampfpfeife anzukommen. Sie wurden aber sofort zu absoluter Stille verwiesen. Auf der Kommandobrücke hatte man ja mit allen Ohren zu hören, ob nicht das Nebelhorn eines anderen Dampfers antwortete.

Stumm und regungslos standen, saßen, hockten dreihundert Zwischendecker auf dem engen Raum, und wenn jemand wenigstens eine leise Bemerkung machen wollte, wurde sie ihm durch das Gellen der Dampfpfeife mitten entzweigerissen. So verging eine Stunde. Einige Frauen verschwanden in die unteren Räume, weil sie das Brüllen des Nebelhorns nicht länger ertragen konnten. Andere weinten und zuckten jede Minute einmal entsetzt zusammen. Andere stierten vor sich hin, die Finger in die Ohren gepreßt. Einige junge Mädchen lachten plötzlich hysterisch laut auf. Einige Polinnen begannen ihren Rosenkranz zu beten. Keines sah den anderen mehr an. Etwas wie eine Panikstimmung bereitete sich vor. Irgendein verdächtiges Geräusch, ein unverständlicher Ruf, und die Panik war da. Monoton und pünktlich gellte das Nebelhorn. Minute für Minute. Das Gehirn dröhnte mit. Minute für Minute. Die Pausen zwischen dem Gebrüll schienen länger zu werden. Aber schon schrak man wieder vor dem gräßlichen Ton zusammen.

Es wurde dunkel ... Viele hielten es nicht länger aus und verkrochen sich ins Bett. Als ich nach unten kam, schliefen nur unsere vier Schmutzfinken, die keine Macht der Welt von ihrem Pfühl brachte. Einige andere hockten angezogen auf ihrem Bett. Andere standen herum und flüsterten. Das Gellen des Nebelhorns klang hier gedämpft, aber man hörte es doch und blieb schon deshalb in der wunderlich nervösen Spannung, die auch den stärksten ergriffen hatte.

Man drängte sich um den Zimmerwärter, der im Flüsterton Schauergeschichten von Schiffszusammenstößen erzählte, bei denen schließlich doch noch alles gut abgelaufen war. Aber die meisten hörten aus den Schauergeschichten doch nur heraus, was von dem Zusammenstoß handelte, nicht, was der Alte von der Rettung zu erzählen wußte. Er fühlte denn auch bald, daß solche Erzählungen, so gut sie gemeint waren, nicht gerade zu unserer Beruhigung beitrugen. Er versuchte es auf eine andere Weise, indem er nämlich, seiner gewohnten Abendbeschäftigung nachging, als ob gar nichts Besonderes im Werke sei. Der Kasten mit Sand stand in der Ecke. Er griff hinein und streute den Sand über den Boden, wie er es jeden Abend tat. Er griff nach dem Besen und kehrte den Sand in die Schuppe. Er nahm die Schuppe und ging nach oben, um sie dort zu entleeren. Die ängstlichsten unter uns gingen leise hinter ihm drein. Als sich das oft genug wiederholt hatte, meinte der Alte ärgerlich: „Habt man keine Angst, ich brenne euch nicht durch. Ich bleibe schon hier. Ihr braucht mir nicht wie die Schafe nachzulaufen. Geht man lieber zu Bett." Aber die Ängstlichen liefen dem Alten noch lange nach, bis sie so kaputt waren, daß sie ebenfalls ins Bett krochen.

Das Nebelhorn gellte, Minute für Minute. Es war nur mäßig bewegte See, aber die eisernen Stangen schienen sich zu bewegen und in allen Gelenken zu krachen. Die hölzernen Planken schienen sich aneinander zu reiben und zu wetzen. Man hatte das Gefühl, als müsse das Schiff im nächsten Augenblick aus allen Fugen gehen wie eine armselige Zigarrenkiste, auf die man direkt. Die Dampfpfeife gellte weiter, das Schiff ächzte und stöhnte. Wir lagen in seiner Spitze. Wenn ein Unglück geschah, mußten wir zuerst daran glauben. Mein Nachbar fuhr auf und suchte hastig nach seiner Rettungsweste. „Laß man gut sein, Landsmann, so weit sind wir noch lange nicht!" schrie ihn der alte Matrose an. Aber andere folgten diesem Beispiel. Die Juden nebenan erhoben sich und fingen laut zu beten an. Man hörte aus anderen Räumen Kinder schreien und weinen. Die Panikstimmung stieg. Bis zu dieser Stunde im Nebel hatte wohl niemand das Gefühl gehabt, daß es auf diesem Riesendampfer eine Gefahr geben könne. Jetzt ging die Angst um und griff an alle Herzen. Hier war keine Gefahr, der man ins Auge sehen konnte. Hier war etwas Unfaßbares, jedem noch Unbekanntes und lauerte auf uns.

Mit jedem Feind kann man kämpfen, und wenn nur mit den Fäusten. Aber wo war eine Waffe gegen diesen uns noch unbekannten Feind, der sich im Gellen der Dampfpfeife, im Ächzen und Stöhnen des ganzen Schiffes den erregten Nerven immer eindringlicher ankündigte? Wenn er nun wirklich diese Holzbretter zerbrach, die so ächzten und stöhnten? Jeder würde sich dann auf eine andere Weise zur Wehr setzen und gerade dadurch jeder dem anderen nur hinderlich sein. Keine große Sache, uns unter solchen Umständen alle zu vernichten. Die Deutschen und die Juden empfanden das mehr oder minder klar, denn sie waren unruhiger als die östlichen Völker, deren Intelligenz mangelhafter entwickelt und geschult war. Und wenn unter den Deutschen und Juden immer noch keine Panik ausbrach, so mochte das vielleicht jemand, der nicht unter uns war, für Mut oder Apathie halten. Ich bin der Meinung, es war nur die Angst, voreinander feig zu erscheinen; und am Ende ist Mut oft nichts weiter als die Angst vor der Feigheit.

Ich richtete mich auf. Andere ebenfalls. Es war doch wohl ein Irrtum? Oder brüllte die Dampfpfeife wirklich nicht mehr? Wir lauschten angestrengt. Es war kein Irrtum, das Brüllen hatte aufgehört. Das hieß in unserer Stimmung: die Gefahr, die lähmende Spannung war vorüber.

So gut wie in den wenigen Stunden bis zum Morgen haben wir alle wohl schon lange nicht mehr geschlafen. Am nächsten Tag herrschte denn auch eine fast ausgelassene Stimmung, und gegen Abend krochen sogar unsere vier Schmierfinken aus dem Bett, sich ein wenig zu säubern und herzurichten; denn morgen sollten wir nach Neuyork kommen. Aber den „Zwischendeckern", die nicht gedankenlos wie die Spatzen in den Tag hineinleben, ist es nicht beschieden, lange ausgelassen zu sein. Für uns lag vor Neuyork Ellis Island, die „Träneninsel", wie sie in amerikanischen Zeitungen gerne genannt wird, das Eiland, wo die Zwischendeckspassagiere erst untersucht und inquiriert werden, bevor sie an Land dürfen. Man erzählte sich Schauerdinge über die Behandlung, deren die Auswanderer hier ausgesetzt wurden. Die Angst vor Ellis Island wuchs, je näher wir Amerika kamen.

Die Angst vor Ellis Island.

Schon in aller Frühe des letzten Vormittags auf See warf sich alles in die besten Kleider. Stiefel wurden gesäubert und gar manche bunte Kopftücher mit wallenden Federhüten vertauscht. Nur die ärmsten der Ungarinnen blieben in ihrer auffallenden Tracht mit den hohen Stiefeln.

Auf der Back standen wir dicht gedrängt und spähten nach Land. Nach Süden zu sahen wir bald einen langen schmalen Uferstreifen. Dann unterschied man einzelne Häuser, dann ganze Ortschaften.

Langgezogene gelbe Schmutzstreifen tanzten auf den Wellen, ein sicheres Zeichen, daß die Siedelungen der Menschen nicht mehr ferne waren. Ein atemloses Warten und Spähen. Segelschiffe schwankten vorüber, Ozeandampfer tauchten auf, die den gleichen Weg mit uns nahmen oder an uns vorbei auf die hohe See nach Europa fuhren, woher wir gekommen. Nun tauchte auch vor uns Land auf, hügeliges Land mit grünem Rasen und grünen Bäumen, was uns ganz fremd und wunderbar berührte, die wir seit sieben Tagen nur Wasser und Himmel gesehen hatten.

Die Erregung stieg. Wo blieb die „Statue der Freiheit“, das Symbol so vieler Hoffnungen und Wünsche? Man sah sich die Augen nach ihr aus. Endlich wurde sie sichtbar. Aller Augen hingen an ihr. Niemand sprach ein Wort. Da schrie plötzlich mitten in die feierliche Stille hinein ein Jude mit ekstatischer Stimme, die sich vor grenzenloser Leidenschaftlichkeit überschlug: „Amerika, ich kisse deinen Boden!“ Es ging durch Mark und Bein.

Wir mußten herunter von der Back, da das Schiff nun bald vor Anker gehen würde. Jetzt standen wir ineinander gepfercht auf dem „Zwischendeck“, von wo wir aber nur nach den Seiten zu ein klein wenig Ausblick hatten. Unter uns, auf dem Deck der I. Kajüte sammelten sich Damen und Herren und drängten sich fast wie wir Zwischendecker. Sie winkten mit Taschentüchern und Fähnchen, und die Herren schwenkten die Hüte. Und da – ein merkwürdiges Geräusch, als habe sich irgendwo in der Nähe ein Riesenschwarm zwitschernder Vögel niedergelassen. Was konnte das wohl sein? Das Schiff machte eine Wendung und drehte langsam bei, um an seinen Pier zu kommen. Nun sahen wir es, das zwitschernde Geräusch kam von Hunderten von Menschen, die vom Pier her winkten, riefen, kleine Fahnen schwenkten. Das Rufen von der I. Kajüte her wurde lauter, das Hüteschwenken lebhafter. Nur wir Zwischendecker blieben still. Uns erwartete niemand hier, kein Freund, kein Verwandter, wir hatten erst noch Ellis Island zu überwinden, die Insel mit den vielen Hospitälern, an der wir vor wenigen Minuten vorbeigefahren waren.

Während die Passagiere I. und II. Kajüte an Land gingen, bedeckte sich im Handumdrehen das Zwischendeck mit Kisten- und Kasten, mit Säcken und Bettüchern, die zu platzen drohten vor der Fülle von Kleidungsstücken und Hausrat aller Art, denn sie umspannten das „Handgepäck" der Zwischendecker, die plötzlich ebenfalls an Land wollten. Aber dies Verlangen nutzte nichts. Die Kisten und Kasten und Tücher mußten wieder unter Deck, denn es fragte sich, ob wir heute überhaupt noch ausgeschifft wurden. Es war zwar noch nicht ein Uhr mittags, aber es hing ganz von der Laune der amerikanischen Beamten auf Ellis Island ab, ob sie sich heute noch der Arbeit des Untersuchens aussetzen wollten oder nicht. Wohl eine Stunde warteten wir auf Bescheid und lernten so die amerikanische „Freiheit" zuerst von einer unangenehmen Seite kennen.

Aber es waren auch für morgen so viel Auswanderer zu erwarten, daß es die Beamten vorzogen, uns heute noch zu erledigen. Also wieder herauf an Deck mit den Kisten und Kasten und heraus aus dem Schiff in eine riesige Halle, wo die Zollrevision vor sich ging. In langen Reihen wurden wir aufgestellt, jeder seine Habe vor sich; und nun hatten wir Zwischendecker es jedenfalls besser als die anderen Passagiere unseres Schiffs. Ein kurzer, prüfender Griff in die Kisten und Koffer, und die Revision war erledigt. Was sollten wir armen Schlucker auch für Kostbarkeiten durchzuschmuggeln haben?

Nun ging es mit Sack und Pack auf einen kleinen amerikanischen Dampfer, der uns nach Ellis Island bringen sollte. Es dauerte eine dicke Stunde, bis wir alle verfrachtet waren, und die Angst vor Ellis Island wuchs. Kämen wir mit heiler Haut von der Insel des Schreckens, so wollten wir Deutsche uns alle zu einem Abschiedstrunk zusammenfinden, bevor wir in alle Winde zerstreut würden. Es kam aber anders.

Kurz nach drei Uhr landeten wir auf der Untersuchungsinsel. In endloser Reihe, je zwei und zwei, Männer, Weiber, Kinder, die Kasten und Ballen unter dem einen Arm, die „Doktorkarte" in der anderen Hand, ging es nun durch einen Garten, der wohl jedem sehr lang vorkam, zu einer

Riesenhalle. Ich verfluchte jetzt schon meinen Handkoffer, der doch nichts als zwei Anzüge und möglichst viel Wäsche enthielt. Dabei hatten fast alle anderen viel mehr zu schleppen. Und erst die armen Weiber mit kleinen Kindern! Es wäre eine Kleinigkeit, für einen Raum zu sorgen, wo die Zwischendecker ihr Handgepäck abstellen könnten, bis die Untersuchung vorbei; aber nein, der Zwischendecker soll von vornherein merken, wie der amerikanischen Behörde gar nichts an ihm liegt.

Am Eingang der Halle, die mit einem gewaltigen Sternenbanner geschmückt ist, brüllte ein Gentleman in steifem Hut: „Hut ab!“ Also nahm man die Kopfbedeckung in die Hand, die schon die „Doktorkarte“ hielt, und wunderte sich über diesen barschen Befehl in einem Land, wo alle Menschen gleich sind und jedermann an jedem Ort den Hut auf dem Kopf behält. Um dem barschen Befehl (o sanfter, deutscher Unteroffizier!) nachkommen zu können, mußten die meisten selbstverständlich erst ihre Kisten und Kasten abstellen. Aber sofort brüllte derselbe Gentleman: „Gepäck in der Hand behalten!“ Wer es trotzdem nicht tat oder die neue Order nicht gleich verstand, bekam einen Rippenstoß von anderen Gentlemen, die nur zu diesem Zweck herumzustehen schienen. Nun ging es mit Sack und Pack, Kind und Kegel unter dem einen Arm, in der einen Hand und Doktorkarte und Hut in der anderen Hand, Schweiß auf der Stirn und Empörung im Herzen, eine endlose Treppe in die Höhe. Arme Weiber, arme Kinder! Der Amerikaner soll doch so rücksichtsvoll gegen jede Frau sein, auch gegen die ärmste. Ellis Island gehört demnach noch nicht zu Amerika.

Am Ende der Treppe wurde jeder in einen pferchartigen Gang gewiesen, und wer nicht sofort den rechten Gang fand, bekam schleunigst wieder einen kräftigen Rippenstoß. Bis zum Ende des Pferchs hatte man den geimpften Arm zu entblößen, ohne das Gepäck abzustellen. Ein Ding der Unmöglichkeit. Trotzdem setzte es wieder von allen Seiten aufmunternde Stöße und Püffe. Nun stand man vor einem Arzt. Bei mir sah er den geimpften Arm nur flüchtig an und riß dann die Augenlider auseinander, daß mir die Augen noch nach einer Stunde tränten. Was für sanfte Lämmer waren dagegen die Doktores in Bremen gewesen!

Man erhielt wieder einen Puff und wurde in einen neuen Pferch geschoben. Es waren wohl ein Dutzend nebeneinander, und am Ende eines jeden stand ein Pult mit einem Gentleman dahinter. Die Doktorkarte war man derweil los geworden, aber das Gepäck mußte jeder weiterschleppen, und wehe dem, der es für einen Augenblick niedersetzte. Er wurde gepufft und geknufft, daß es eine Art hatte. So etwas von Brutalität ist mir noch nie vorgekommen. Jedenfalls hätte ich den brutalen Burschen am liebsten ins Gesicht gespuckt, da ich keine Hand frei hatte. Aber ich bezwang mich, denn dann wäre meine amerikanische Exkursion wohl jetzt schon zu Ende gewesen.

Als ich bis zu dem Pult gelangt war, mußte ich meinen Namen nennen. Ich fuhr aus mancherlei Gründen unter einem anderen Namen.

„Was sind Sie?“ wurde ich gefragt.

„Nichts,“ lautete die Antwort.

Der Gentleman schien nicht zu verstehen, denn er fragte nun nach meiner „Profession“.

Ich zuckte die Achseln.

„Wohin wollen Sie?“

„Nach Neuyork.“

„Was wollen Sie in Neuyork?“

„Arbeiten.“

„Was für eine Profession?“

Ich zuckte wieder die Achseln, und mein Inquisitor rief einen anderen, der besser Deutsch verstand.

„Was hatten sie in Deutschland für eine Profession?“ fragte er.

Damals fiel es mir noch schwer, zu lügen, also schwieg ich. Auch war ich auf diese Inquisition nicht vorbereitet.

„Haben Sie Bekannte oder Verwandte in Neuyork?“

„Nein.“

„Haben Sie eine Adresse, wohin Sie gehen wollen von hier?“

„Nein.“

Man musterte mich jetzt sehr aufmerksam, so daß mir recht unbehaglich wurde, und ich hörte, wie der eine den anderen fragte, ob ich wohl ein Gentleman sei? Der Gefragte musterte darauf wieder eingehend mein Exterieur und bejahte die Frage.

„Wieviel Geld haben Sie mit?“

Auf diese Frage war ich vorbereitet. Eigentlich hatte ich die Wahrheit sagen wollen. Aber da ich den beiden so schon sehr verdächtig vorkam, hätten mich meine 25 Dollar nicht unverdächtiger gemacht. Ich wäre interniert und dann unter irgendeinem Vorwand oder auch ohne einen solchen einfach zurückgeschickt worden. Das wußte ich von meinen Kameraden, die damit, wie ich später erfuhr, nur zu recht hatten. Also sagte ich ärgerlich, man möge mich jetzt gefälligst zufrieden lassen, ich hätte 1000 Dollar bei mir und sei in einem freien Land und könne treiben, was mir behage. Die 1000 Dollar taten sofort ihre Wirkung. So sehr, daß man sie sich glücklicherweise gar nicht erst zeigen ließ. Man wies mich zu einem anderen Pferch. Ich wandte mich dorthin, wurde aber zurückgerufen. Jetzt kommt's heraus, dachte ich beschämt. Aber ich sollte nur zu einer Meßstange treten, die beiden wollten gern wissen, wie lang ich sei. Der beiden steinerne Gesichter verzogen sich zu einem leichten, wohlgefälligen Lächeln, denn ich verfüge über eine beträchtliche Länge, und ich wurde nun mit Wohlwollen entlassen. Ich erzähle diese charakteristische Kleinigkeit, weil mir mein Körpermaß in Amerika noch oft von Vorteil war.

Der neue Pferch führte zu einer Treppe, diese mündete in einen langen Gang, der sich am Ende in zwei Gänge teilte. An dem einen stand Neuyork zu lesen. Ihn ging ich nun, einsam und allein, denn kein anderer Zwischendecker folgte mir. Es war, als habe sie alle der Erdboden verschluckt.

Wieder lief ich einem Gentleman vor einem Pult in die Arme. Von neuem eine lange Inquisition, die damit endete, daß ich mich zu setzen hatte, bis ein Agent käme, der mich zum „Deutschen Haus“ brächte. Da sei ich gut aufgehoben, würde nicht übers Ohr gehauen und fände leicht Arbeit. Ein Pastor stehe an der Spitze.

Ich saß ziemlich marode auf meinem Stuhl und überlegte. In das „Deutsche Haus“ wollte ich um keinen Preis. Schon deshalb nicht, weil ihm ein Pastor vorstand, ein gebildeter Mensch. Ich befand mich in einer so desolaten Verfassung, daß ich meiner selbst nicht recht sicher war. Kam ich jetzt an einen gebildeten Menschen, so konnte ich nicht dafür stehen, daß ich mich ihm nicht irgendwie verriet; und das wollte ich unter allen Umständen vermeiden. So viel Energie besaß ich doch noch. Um meine Aufgabe durchzuführen, mußte ich in den Kreisen bleiben, die ich mir erwählt hatte. Einen gebildeten Menschen konnte ich jetzt nicht gebrauchen. Die Versuchung wäre zu groß gewesen.

Da erschienen am Ende des Ganges der schweigsame Jüngling aus Hannover, den ich im ersten Brief erwähnt habe, und mein Bettnachbar, der Bäcker war. Ich winkte ihnen, und sie kamen zu mir.

Ich erklärte dem Beamten, ich würde nicht ins „Deutsche Haus“ gehen, sondern mit diesen beiden.

„Kennen Sie diese schon lange?“

„Ja,“ log ich.

Der Beamte maß die beiden mißtrauisch und meinte, es sei besser, ich gehe ins „Deutsche Haus“.

Nun wurde ich zornig und sagte, kein Mensch könne mich dazu zwingen, ich würde mit den beiden gehen und mit niemand anders.

Jetzt erschien noch jemand, der meinem Bettnachbar sofort um den Hals fiel. Die Brüder hatten sich sechs Jahre lang nicht gesehen, lagen einander in den Armen und küßten sich. Dann wurde ich dem Bruder vorgestellt und erklärte resolut, mich ihm anschließen zu wollen.

Nun begann der Beamte mit diesem ein Kreuzverhör und überließ mich ihm erst, als er seine Adresse aufgeschrieben hatte. Mit erhobener Stimme sagte der Beamte, ich stehe unter Protektion des „Deutschen Hauses“, und es ginge den Brüdern schlecht, wenn mir etwas zustoße. – „All right!" erwiderte der amerikanisierte Bruder, und wir zogen endlich ab zu der Fähre, die von Ellis Island nach Neuyork führt.

Es wurde mir sehr schwer gemacht, wie man sieht, dem „deutschen Emigrantenhaus" zu entwischen. Ich habe später nur Gutes darüber gehört, aber für mich war es nichts. Jedenfalls ist der deutsche Auswanderer normaliter heute in Neuyork nicht mehr einfach auf die Straße gesetzt, sondern erfreut sich der Fürsorge des deutschen Emigrantenhauses, das ihm, wie ich oft genug später erfuhr, jederzeit mit Rat und Tat zur Seite steht. Eine Institution, die für deutsche Auswanderer gar nicht hoch genug einzuschätzen ist.

Die Fähre war voller Menschen, aber keiner meiner alten Schiffskameraden, die ich näher kannte, war darunter. Sie hatten in Bremen mit der Schiffskarte zugleich die Bahnkarte bis zu ihrem Bestimmungsort gelöst, und jeder war sofort von Ellis Island, wenn er nicht zurückgehalten wurde, zu der Fähre gebracht worden, die ihn zu seinem Zug führte. So blieb niemand unnütz in Neuyork hängen und konnte so auch nicht Neuyorker Spitzbuben in die Hände fallen. Nur den Kroaten fand ich vor, der mit dem Wiener Mädel so eifrig angebändelt hatte. Er war fuchswild, denn das Mädel hatte ein Billett nach Chicago und wurde sofort dorthin verschickt, ohne auch nur einen Fuß nach Neuyork setzen zu dürfen. Der Kroat aber hatte nur ein Billett nach Neuyork, wie sich jetzt zeigte, und mußte hier aussteigen. Da half alles nichts. Wieviel Unheil mag auf solch einfache Weise schon verhütet worden sein? Die Emigrationsbeamten aber halten sich vor allem deshalb so streng und genau an sie, damit möglichst wenig Auswanderer dem Staate und der Stadt Neuyork zur Last fallen.

Als wir am Neuyorker Hafen ankamen, verließ ich trotz aller Bitten die beiden Brüder und fuhr mit dem Jüngling aus Hannover zurück nach Hoboken, wo ihn ein Freund erwartete. Hier verließ ich auch ihn trotz seiner Bitten, mit nach Nebraska zu kommen. Er wurde ordentlich beredt, der schweigsame Jüngling. Auch der Westpreuße, der Schlesier, der Pfälzer, der Thorner Gerbergeselle hatten mich mitnehmen wollen, als sie erfuhren, daß mich niemand in Amerika erwarte, und ich konnte mich ihrer Fürsorge erst entziehen, als ich mir ihre Adressen notiert und versprochen hatte, zu schreiben oder zu kommen, wenn ich jemanden brauche. Lauter gute, liebe Kameraden! Leider habe ich keinen von ihnen wiedergesehen.

Der schweigsame Jüngling aus Hannover und ich schüttelten uns zum Abschied kräftig die Hände; ich nahm wieder meinen Koffer hoch und wanderte weiter. Endlich fand ich eine kleine Kneipe, in der Deutsch gesprochen wurde. Der Boß (Wirt) gab mir für 2 Dollar pränumerando für eine Woche eine Kammer ab.

„Schreiben Sie sich gleich ins Register," sagte er.

„Was? Auch in Amerika werden Fremdenlisten geführt?" fragte ich erstaunt.

Ohne eine Miene zu verziehen, erwiderte er: „Sie können einen Namen schreiben, welchen Sie wollen."

Also schrieb ich: Fritz Müller, ohne Profession, aus Berlin, Germany.

Im Hafen von Neuyork.

Fritz Müller, ohne Profession, aus Berlin, Germany saß zunächst einmal, nachdem er in Neuyork angekommen, ganz stille in seiner engen Kammer in Hoboken. Zum erstenmal seit acht Tagen wieder allein. Eine unendliche Wohltat. Die Kammer enthielt einen Stuhl, einen mächtigen Spucknapf, eine Kommode mit einem Waschbecken und ein amerikanisches Bett von solchen Dimensionen, daß eine ganze Familie bequem darin hätte Kaffee kochen können. Man kann das amerikanische Bett gar nicht hoch genug preisen. Es war in den folgenden Wochen oft genug mein einziger Trost.

Nach einer Weile wollte ich das Waschbecken benutzen, aber das Wasser sah so schmutzig aus und roch dermaßen übel, daß ich zurückschreckte. „Draußen" wäre jede Benutzung solchen Wassers polizeilich verboten worden, in Neuyork habe ich nirgends besseres gefunden. Das Eiswasser zum Trinken war von ähnlicher Qualität. Nur stank es erst, wenn es warm wurde. Daß bei solchem Schmutzwasser ein unverhältnismäßig großer Prozentsatz der Bevölkerung augenkrank wird, ist wohl kein Wunder. Ein Wunder aber ist es, daß nicht Tausende an Typhus sterben. Es erklärt sich vielleicht so, daß am Hafen fast niemand Eiswasser trinkt, ohne einen Whisky vorher genossen zu haben, und daß Neuyork erst wenige hundert Jahre alt ist, sein Grund und Boden also noch nicht so verseucht wie der Europas.

Als es dunkel wurde, fuhr ich mit der Untergrundbahn wieder nach Neuyork. Für jede Fahrt, ob kurz oder lang, zahlt man in Groß-Neuyork 5 Cent (20 Pfennige). In Neuyork wollte ich mir ja Arbeit suchen. Alle Schiffskameraden hatten dringend abgeraten. Ich solle möglichst weit nach dem Westen gehen. Aber selbst wenn ich gewollt hätte, hätte ich nicht gekonnt, denn mit den lumpigen 25 Dollar wäre ich nicht weit über Chicago hinausgekommen und hätte dann gleich auf dem Trockenen gesessen. Ich ging also zunächst ein wenig am Hafen spazieren und gelangte bald zum Broadway (breiter Weg), der Hauptverkehrsstraße, die jetzt schon, kurz nach 7 Uhr abends, fast menschenleer dalag und miserabel beleuchtet war. Den Fahrweg bedeckten Papierfetzen, Stroh und Abfälle aller Art. Der Fußsteig hatte ein schlechtes Pflaster. Wie anders als in Berlin! Dafür haben mir aber, was ich nicht erwartete, die „Wolkenkratzer" gleich vom ersten Augenblick an gefallen. Sehen sie zum Teil auch aus wie riesige, auf den Kopf gestellte Kabinenkoffer, so sind sie alle doch so klare und einfache Zweckbauten, daß sie der Stadt sofort eine eigene Physiognomie geben. Keine freundliche oder üppig-protzige, wohl aber die Physiognomie unermüdlicher, immenser Tätigkeit. Das macht für meinen Geschmack diese Stadt architektonisch angenehm; angenehmer als zum Beispiel Neu-Berlin.

Nach einiger Zeit gelangte ich durch eine Seitenstraße an eine Ecke, wo eine dicke elektrische Lampe brannte wie ein Vollmond in dunkler Nacht. Es war die Weststreet, eine Hauptstraße des Hafens. Die Lampe gehörte zu einem Wirtshaus (Saloon), der voller Menschen war. Da ich Hunger hatte, trat ich ein, und da sich niemand um mich kümmerte, hatte ich

Muße, diesen typischen besseren Hafensaloon ein wenig näher zu betrachten. Alles war ungewöhnlich sauber. Der Boden, die Wände, die Decke mit hellen Fliesen gedeckt. Dazwischen glänzte und gleißte es nur so von blankem Messing. Den langen, schmalen Raum teilte eine Theke aus dunklem Holz in zwei Teile. Hinter der Theke hantierten zwei Schankkellner (Bartender) in weißem Dreß mit Flaschen aller Art und an blitzenden Bierhähnen. Vor der Theke standen dicht gedrängt die Gäste, spuckten und tranken Whisky oder Bier. In der anderen Hälfte des Raumes drei vollbesetzte Tische und ein Büfett mit Schüsseln voll kümmerlicher Speisereste. An jeder Ecke des Büfettes ein Glas trübes Wasser, in dem mehrere Gabeln staken. Nicht ohne Magenbewegung sah ich, wie der eine oder andere Gast eine Gabel aus dem trüben Wasser fischte, einen Bissen mit ihr zum Munde führte und die Gabel wieder in das Wasser senkte. Das war die „Bar“, die durch einen schmalen Gang mit dem „Café“ verbunden war; hier standen fünf gut besetzte Tische, und an der Wand ein Klavier, das ein dicker Mensch bearbeitete, während er dazu eine Zeitung las. Neben ihm ein anderer Künstler, der Geige spielte. Lauter deutsche Lieder! In dem schmalen Gang zwischen „Bar“ und „Café“ ein Riesenorchestrion. Bei jedem Tisch an der Wand eine eiserne Büchse. Hörte der Klavierspieler auf zu lesen und zu spielen, warf ein Gast 5 Cent in eine Büchse, und das Orchestrion spektakelte auf Amerikanisch. Ein Heidenlärm.

Da sich immer noch niemand um mich kümmerte, trat ich an die Bar und bestellte „one beer“, wie ich es von anderen hörte.

„Sind Sie schon lange in Amerika?“ fragte der eine Bartender, ein kräftiger, hübscher Bursche.

„Seit heute.“

„Oh!“

Weiter nichts.

Nach einer Weile lud ich den Bartender ein, ein Glas mitzutrinken. Er benutzte dazu ein Gläschen wie aus einer Puppenbar. Nun lud er mich ein. Ich nahm selbstverständlich an, trotzdem es mich verblüffte. Es dauerte nicht lange, und ich hatte einen ganzen Kreis um mich, meist Matrosen und Soldaten, Deutsche und Amerikaner, meist schon recht angetrunken. Das amerikanische „Traktieren“ begann. Jeder neu Hinzukommende gab eine Runde Bier für die ganze Gesellschaft. Eine für den Geldbeutel und die Gesundheit gleich verhängnisvolle Sitte, die aber dem Amerikaner im Blute steckt und von den Deutschen akzeptiert wurde. Wenn die meisten jedesmal auch nur einen Schluck trinken und der Bartender den beträchtlichen Rest einfach fortschüttet, so wird es eben doch zu viel, wenn erst einmal ein Dutzend Menschen mit „Traktieren“ loslegt. Das Glas Bier, einerlei, ob groß oder klein, kostete 5 Cent. Trotzdem ich mich nach Möglichkeit zurückhielt, wurde ich in nicht allzu langer Zeit mehr als einen Dollar los. Ich nahm es als Geschäftsunkosten, denn was ich sah und hörte, war für mich in meiner weltverlassenen Situation noch mehr wert als einen Dollar.

Unter den Ratschlägen, welche die Angetrunkenen mir bald freigiebig erteilten, stand obenan der, keinem Menschen in diesem Lande zu trauen. Hier denke jeder nur an sich, hier habe jeder nur einen Freund – man schlug auf die Tasche –: den Dollar. Schon im nächsten Augenblick aber erbot sich fast jeder, mir behilflich zu sein. Mein Vertrauen zu seiner Person setzte er als selbstverständlich voraus. Wie sehr das im Gegensatz zur eigenen Warnung stand, schien niemand zu bemerken.

Da trat ein kräftiger untersetzter Mann mit mächtigem Schnurrbart zu uns und begann sofort, sich über die Deutschen lustig zu machen. Jeder Deutsche habe ein Brett vor dem Kopf, und es fehle nur noch, daß jedes Brett numeriert werde. Ich wollte aufbegehren, wurde aber zurückgehalten. Nicht gerade sanft. Der Mann habe für sein Teil ganz recht. Als der Schnurrbärtige von anderen Dingen sprach und eifrig „traktierte“ – er machte den Eindruck eines ungewöhnlich gewandten Menschen –, versuchte ich, zu erfahren, wer und was er sei. Aber man gab keine Antwort und schmunzelte nur. Erst als er gegangen war, meinte der Bartender lächelnd: „Da Sie gerade aus Deutschland kommen, intressiert es Sie sicher, wer der Herr ist? Es ist der Graf du Passy, der erst vor kurzem aus einem deutschen Gefängnis ausgebrochen ist. Mein erster Gedanke war: sofort nach Berlin kabeln. Mein zweiter: eine deutsch-amerikanische Zeitung verständigen, da dies billiger. Mein dritter Gedanke aber: Was geht den professionslosen Fritz Müller der Graf du Passy alias Schimangk an? Nur nicht aus der Rolle fallen. Ich war jetzt weder Journalist noch Detektiv. Hätte ich den Hochstapler verraten, so hätte ich diesen „Saloon" nicht mehr betreten können, denn ich war der einzige, dem man solchen Verrat zutrauen konnte. Ich brauchte aber als „Grünhorn" diesen Saloon, wie mir sofort klar war. Außerdem sahen die Gesellen um mich her recht verwegen aus, und ich traute ihnen einiges zu. Also blieb ich Fritz Müller und horchte lieber eifrig den Gesprächen und suchte zu lernen, was zu lernen war.

Als ich am anderen Morgen in Hoboken, von Wanzen und Stechmücken übel zugerichtet, meine Barschaft zählte, besaß ich noch 21 Dollar und 20 Cent. Für Miete waren zwei von den 25 Dollar draufgegangen, der Rest in der Weststreet und für die Fahrt von und nach Hoboken. Ich werde auf Grund meiner Notizen an geeigneter Stelle Abrechnung geben, weil ich annehme, daß es den Leser interessiert, wie ich mit den 25 Dollar auskam.

Den Vormittag blieb ich in meiner Kammer, gabelte in einer anderen einen Tisch auf und begann, den ersten dieser Aufsätze zu schreiben. Zu Mittag um 1 Uhr aß ich unten im Saloon ein „Businessmen Lunch" zu 20 Cent: eine gute Gemüsesuppe, ein wenig genießbares blutiges Steak mit zwei Riesenkartoffeln und eine gute Tasse Kaffee. Dieser Saloon war viel dürftiger als der in der Weststraße. Er besaß kein „Café", war nur gedielt und wurde in der Hauptsache von Hafenarbeitern und Negern besucht.

Ich fuhr wieder nach Neuyork und kaufte mir zunächst für 15 Cent den „Correct Guide of New York", dessen Text ich zwar nicht verstand, der aber eine Karte enthielt, mit deren Hilfe ich mich in der Stadt orientieren wollte. Wohl in keiner Stadt der Welt orientiert man sich so kinderleicht wie in Neuyork, ein wahrer Segen für jedes „Grünhorn", wie jeder Neuling unausgesetzt tituliert wird. Ich ging und fuhr nach dem Plan mehrere Stunden herum und habe mich seitdem, außer in der City, der Altstadt, nicht mehr verlaufen.

Gegen Abend ging ich wieder in den Saloon in der Weststraße. „Hello, Mr. Miller!“ rief der Bartender, und ich trat zu ihm. Er blinzelte. Heute morgen seien Detektivs hier gewesen wegen „Mr. Krüger“, aber Mr. Krüger sei schon längst unterwegs nach Kanada.

„Haben Sie ihnen das gesagt?“

Er war so indigniert, daß er mich keines Wortes mehr würdigte. Dafür begrüßten mich andere, die mich von gestern abend her kannten, die ich aber meist nicht wiedererkannte, denn alle die gleicher Weise glatt rasierten Gesichter vermochte ich noch nicht auseinanderzuhalten. Die Soldaten unter diesen Bekannten gehörten alle zu demselben Infanterieregiment. Die meisten gingen in Zivil, nur wenige in Uniform, aber ohne Waffe. Eine schmucke dunkelblaue Uniform nach dem Muster österreichischen Militärs, nur nicht ganz so „fesch“. Für deutsche Begriffe hatten sie ein ungewöhnlich bequemes Leben. Nur wenige Stunden Dienst, sehr gute Kost; ich habe zweimal bei ihnen in der Kaserne gegessen, reines und geräumiges Logis, über jedem Lager ein Moskitonetz und je nach der Charge 19 bis 25 bis 30 Dollar monatlich. Die Kleidung wurde für die drei Dienstjahre mit 170 Dollar verrechnet. Die meisten brauchten aber viel weniger an Kleidern und Stiefeln, so daß manchem am Ende seiner Dienstzeit noch 80-100 Dollar in bar ausbezahlt wurden. Wer weiter dienen wollte, wurde im Sold erhöht. Nach dreißig Jahren Dienstzeit und entsprechendem Avancement bezog der Mann eine Pension von 100 Dollar monatlich, die er verzehren konnte, wo er wollte. Gar manches Sehnsucht war, die Pension in Deutschland zu verzehren, wo man mit 400 Mk. monatlich den reichen Mann spielen könne. Dienstjahre auf den Philippinen zählten doppelt und waren deshalb begehrt. War das bißchen Dienst vorbei, verschwand man für den Rest des Tages und der Nacht und nahm dafür einen Urlaubspaß; denn dann befand man sich auch außer Dienst „im Dienst“, d. h. wurde einer erschlagen, erschossen oder dergleichen, erhielten die Hinterbliebenen eine Vergütung wie bei einem Unfall im Dienst, wenn sich bei dem Toten der Urlaubspaß fand. Kam einer sonstwie zu Schaden, wurde er auf Staatskosten verpflegt und geheilt. Sie konnten mit Recht singen: „Ein freies Leben führen wir." Und eine gefährliche Bande war es zumeist auch. Wallensteins Lager. Aber mit der Disziplin haperte es bedenklich. Und im Ernstfalle? Der einzelne war gewiß ein Draufgänger, aber ein ganzes Regiment von lauter „Individualitäten"! Man kann sich das als Deutscher einfach nicht vorstellen.

„Kommen Sie zu uns!" hieß es.

„Ich bin zu alt."

Man lachte mich aus, denn für einen Dollar gäbe es am Hafen so viel Papiere zu kaufen, als man nur haben wollte. Das habe nichts auf sich. Aber ein früherer Ziethenhusar hatte stichhaltigere Bedenken. Man müsse neuerdings amerikanischer Bürger sein, also fünf Jahre im Lande, und auch ein Examen im Englischen ablegen, wolle man Soldat werden. Früher habe es das nicht gegeben, aber jetzt sei es so. Also war es vorläufig nichts mit diesem Metier für mich.

Gegen 1 Uhr nachts wurde die Bar dunkel gemacht, womit sie für geschlossen galt. Die „Ladies" mußten das „Café" räumen, in dem ebenfalls alle Lichter bis auf eins gelöscht wurden. Derweil stellte der Kellner (Waiter) auf jeden Tisch einen Teller mit einem Stück trocken Brot. Das amerikanische Gesetz will nicht, daß jemand nachts verhungert, aber es will auch nicht, daß sich jemand nach 1 Uhr (Sonnabend auf Sonntag nach 12 Uhr) betrinkt. Es verbietet daher, daß dann noch Getränke gegen Bezahlung verabfolgt werden. Man bezahlt also nicht die Getränke, sondern das Brot, das auf dem Tische steht, und das natürlich unberührt bleibt. So einfach dreht man hierzulande dem Gesetz eine Nase, was auf die Dauer natürlich nur gelingt, wenn der Wirt (Boß) von Zeit zu Zeit den Polizisten, der Dienst hat, und den Polizeikapitän des Reviers entsprechend schmiert. Das tut er, und alles ist all right.

Zu uns setzten sich der Boß und der Menager (die rechte Hand des Boß). Auch der Waiter trat näher, und der Bartender, der Nachtdienst hatte, ging ab und zu. Außerdem saßen die drei Soldaten, die nur noch ab und zu „happy days" lallen konnten (glückliche Tage, gleich unserem Prosit), ein Hausmeister (Janitor), der aus Westfalen stammte, ein schwarzäugiger, schwarzhaariger, wild und verkommen aussehender Mensch, ein engerer Landsmann von mir, ein Hesse, hinter dessen Beruf ich noch nicht gekommen war. So der richtige Bösewicht aus einem Kriminalroman seinem Äußern nach. Und ein eisgrauer Farmer, der weit im Wessen einige tausend Dollar „gemacht" hatte und hierher gemuhvt (move = bewegen) war, um morgen in seine Heimat, nach Hamburg, zurückzukehren. Stillvergnügt saß er da, rauchte ein Pfeifchen nach dem andern und trank einen Schnaps nach dem andern. Vierzig Jahre lang hatte er sich für dies Ziel seines Lebens im wilden Westen geschunden. Nun lächelte er unausgesetzt, träumte von Hamburg und warf ab und zu einen Brocken Plattdeutsch in die Unterhaltung.

Der schwarzhaarige Hesse seufzte, der Boß seufzte, und auf einmal sprach man von der guten alten Zeit in diesem Lande, die nun schon zwanzig Jahre zurücklag. Der Hesse führte das große Wort. Das seien wirklich noch demokratische Zeiten gewesen. Damals fing man die Auswanderer im Hafen einfach ab und verschleppte sie in die Saloons. Für jeden, den man brachte, gab es einen Dollar, erzählte mein Landsmann. Im Saloon wurden sie betrunken gemacht, und dann nahm man ihnen das Geld fort, so viel man nur erwischen konnte. Der Betrunkene wurde nach oben geschafft und dort untersuchten der Bartender und der Waiter noch einmal gründlich seine Kleider. Hatte der Mann den Rausch endlich ausgeschlafen und war stark, so wurde er als Matrose auf ein Segelschiff geschafft, das nach Afrika, nach Australien oder sonstwohin fuhr. Da hatte er Zeit, über seine Erlebnisse nachzudenken. War der Mann schwächlich, wurde er einfach auf die Straße gesetzt. Das waren noch Zeiten! Da verdiente man plenty (Fülle) Geld, Geld wie Heu! Heute aber! – – – Mein Landsmann fluchte, der Boß seufzte.

Der Farmer lüftete sein Pfeifchen und fragte mich: „Wat wolln See denn in diesem Land?"

„Arbeiten," erwiderte ich.

Er schüttelte sich vor Lachen. „See, dann ward dat nich veel wern mit die Dollars!"

„Aber Sie haben doch auch gearbeitet, Sie doch gewiß!“ meinte ich.

Der Farmer lachte. Als er noch ein Grünhorn war, da habe er auch gearbeitet, aber dann nicht mehr, dann habe er aufgefixt. Der Boß erklärte mir, der Mann habe mit Hilfe von Grünhörnern, Landarbeitern von der Waterkant, Farmen so recht schön fürs Auge zurechtgemacht und dann weiterverkauft, sowie sich ein Grünhorn fand. So was man draußen arbeiten nenne, damit sei in diesem Lande kein kesches (cash = baar) Geld zu machen.

Der Waiter meinte, heute sei es immer noch am besten auf Coney Island (dem großen Rummelplatz) einen Ice-cream store (Konditorei) aufzumachen. Da könne man noch plenty Geld machen, immer noch.

Der Hesse wandte sich an mich. „Wenn Sie ein paar hundert Dollar haben, dann machen Sie das. Ich führe Sie zu einem alten Juden in der Bowery, da habe ich es auch gelernt.“ Und er erzählte, wie man Fruchtlimonaden bereiten müsse, um plenty Geld zu machen. Eine Gallone Wasser und zwei Pfund Zucker nebst etwas Sachalin. Daraus einen Sirup gemixt, das mache noch nicht 15 Cent. Dazu dann Farben. O, der Jude habe Farben, von denen man ein wenig zusetze, und kein Mensch könne dies Produkt von der schönsten Fruchtlimonade unterscheiden, gelb oder rot, wie man wolle. Aber vorsichtig müsse man sein mit den Farben, denn sie wären verdammt giftig. Dann könne man mit 20 Cent 20 Dollar machen. Aber Vorsicht! In einem Store nebenan habe sich ein Junge mal so recht satt an Ice-cream essen wollen und vier Portionen geschluckt. Am anderen Morgen habe er tot im Bett gelegen. Natürlich sei der Coroner (Leichenbeschauer) auch zu dem Store (Laden) gekommen, und es habe den Besitzer 50 Dollar gekostet, bis der Coroner sagte, es sei nichts an dem Ice-cream. 50 Dollar! Plenty Geld! Er habe einem Kunden nie mehr als zwei Ice-cream verabreicht, denn so dumm sei er nicht, nachher einem Coroner auch noch 50 Dollar zu „spenden“.

Mir wurde unbehaglich. Der Bartender merkte es und meinte: „Eine Bande! Was? Das ist Amerika!“

Einige schwer Betrunkene betraten den dunkeln Raum, taumelten, zogen ein Bündel Dollarlappen aus der Tasche und verlangten Sekt, der eilig gebracht wurde. 4½ Dollar bezahlten sie pro Flasche für das Zeug, und der Kellner hatte im Handumdrehen 3 Dollar Trinkgeld. Nun verstand ich, weshalb man das Lokal die Nacht über offen ließ, und erhob mich.

„Well, ich begleite Sie," sagte mein Landsmann und erhob sich ebenfalls. Der Bartender raunte mir zu: „Passen Sie auf, er ist heute wieder ..." Er deutete nach der Stirn.

Ablehnen mochte ich die Begleitung nicht, denn es hätte feige ausgesehen. Trug der Spitzbube keine Waffe bei sich, hoffte ich schlimmsten Falles so mit ihm fertig zu werden. Aber es ärgerte mich in diesem Augenblick doch, daß ich keinen Revolver besaß, und daß mein gutes Griffmesser in Berlin auf meinem Schreibtisch lag, denn ich hatte gar keinen Grund, meinem hessischen Landsmann zu trauen. Von der Weststreet mußte ich mit. meinem Begleiter durch den Battery-Park, um zu meiner gewohnten Station der Untergrundbahn zu gelangen. In Neuyork pausiert der Bahnverkehr auch nachts nicht. Der Battery-Park war dunkel und menschenleer. Mir fiel ein, daß ich für alle Fälle ja einen erprobten Dschiudschitsugriff kannte: mit gestrecktem Zeige- und Mittelfinger der einen Hand dem Angreifer einen kurzen kräftigen Stoß in die Augenhöhlen.

„Glauben Sie nicht, daß ich keine Bildung habe," begann mein Begleiter plötzlich und erzählte, er habe bis zur Tertia das Gymnasium besucht, sei dann nach der Schweiz ausgerissen und habe dort als Mechaniker gelernt. Es sei ihm gut gegangen dort, er habe plenty Geld gemacht und jung geheiratet, ein schönes Weib. Er schwieg einen Augenblick. Dann fuhr er fort: „Wir waren drei Jahre verheiratet. Ein schönes Weib, aber sie sah zu viel nach die anderen Männer, wissen Sie ... Ich war auswärts bei einem Kabel beschäftigt. Am Abend erhalte ich ein Telegramm: Komme sofort nach Hause! Well, ich muhve mit dem Nachtschnellzug noch nach Zürich und schelle an meinem Flat (Wohnung). Es dauert lange, da fragt meine Frau: ›Wer ist da?‹ – ›Ich,‹ sage ich. ›Einen Augenblick, ich mache Licht,‹

sagt sie. Es dauert lange, bis sie aufmacht. ›Wo kommst du her mitten in der Nacht? Warum hast du nicht telegraphiert?‹ fragt sie. ›Well,‹ antworte ich, ›eine Zeichnung muß geändert werden, ich muß gleich morgen früh zur Office,‹ antworte ich und gehe zum Schlafzimmer und ziehe meinen Überzieher aus. Es war nichts in Unordnung. Ich gehe durch alle Zimmer. Es war alles in Ordnung. Ich gehe durch den Gang und öffne ein Klosett (kleine Kammer). Da sitzt einer und zittert wie Espenlaub, ein alter, ausgemergelter Kerl, wissen Sie. Ich hatte keinen Revolver und zog den Mann heraus und sage: ›Hier warten Sie, verstehen Sie mich?‹ Ich wußte gar nicht, was ich tat, wissen Sie. Meine Frau heulte nur. Ich schloß alles ab, wir wohnten im dritten Stock, eine schöne Wohnung, plenty Möbel und Teppiche. Ich gehe auf die Straße zu einem Schutzmann. ›Herr Schutzmann,‹ sage ich, ›wollen Sie mir helfen? Bei mir ist eingebrochen worden.‹ Er ging sofort mit. ›Hier, der Mann und die Frau müssen auf die Wache,‹ sage ich. ›Ist das Ihre Frau?‹ fragt er. ›Well,‹ sage ich, ›das ist meine Frau.‹ Und sie mußten mit auf die Wache zum Käpten (Kommissar). Der Käpten war ein gebildeter Mann. ›Sie haben einen schönen, jungen Mann, wie können Sie so etwas tun?‹ fragt er meine Frau. Meine Frau heult und liegt auf den Knien und bittet, ich soll sie wieder mitnehmen. ›No,‹ sage ich, ›nicht in mein Haus ...‹ So bin ich geschieden worden, wissen Sie. Aber wenn ich auf einen Platz kam, in einen Garten oder einen Saloon oder so, sitzt meine Frau und lacht, um mich zu ärgern. Well, deshalb bin ich nach Amerika, von ihr loszukommen. Aber glauben Sie, daß ich loskomme. Ich komme nicht los von ihr.“ Er knirschte mit den Zähnen.

Diese Erzählung ergriff mich, denn sie klang durchaus ehrlich und kam aus einem großen Schmerz, der immer noch lebendig war. Ich leistete im stillen dem wilden Gesellen Abbitte. Stumm gehen wir weiter. Da hebt er plötzlich mit einem Ruck den rechten Arm, und ehe ich noch weiß, was los ist, sitzt sein Messer in meinem „Correct Guide of New York“, den ich in der linken Brusttasche bei mir trug. Hier ging es ums Leben. Ehe er sich noch klar war, weshalb sein Messer nicht tiefer drang, hatte er schon die Spitze meines gespreizten Zeige- und Mittelfingers in beiden

Augenhöhlen. Aber kräftig, so daß er einfach umfiel, ohne sich noch zu rühren. Ich machte, daß ich weiter kam. Es war das einzige Mal in den Neuyorker Wochen, daß mir jemand ernstlich ans Leben wollte.

Der erste Verdienst.

Nach dem nächtlichen Abenteuer blieb ich zunächst einmal in Hoboken, arbeitete meine Notizen aus, kaufte einige deutsch-amerikanische Zeitungen, die ich eifrig nach Stellungen studierte, aß mein Businessmen Lunch, arbeitete wieder und ging am Abend nach unten in den Saloon, den ich bisher gemieden hatte, weil er gar so düster und ärmlich aussah. Es war mir unbehaglich zumute. Hatte ich auch in Notwehr gehandelt, so besaß ich immerhin noch ein empfindliches Gewissen, und außerdem wußte ich nicht, ob nicht noch etwas „nachkommen" würde, wie man hier sagt, denn ich hatte von amerikanischen Gesetzen keine Ahnung.

Am Abend ließ ich mir im Saloon zwei Eier und Brot geben, was 10 Cent kostete; und bald setzte sich ein junger Deutscher zu mir, ein Verwandter des Wirts. Er war schon drei Vierteljahre hier und arbeitete zurzeit nicht. In Deutschland war er Kommis gewesen. Sein älterer Bruder hatte sich an einer Kasse vergriffen und mußte übers Wasser. Aber seine Mutter ängstigte sich so um das Sorgenkind, daß der jüngere Bruder, kurz entschlossen, seine Stellung aufgab und mitging. Der Leichtsinnige war vom Militär freigekommen, der Bruder hatte sich zwei Jahre zurückstellen lassen. Dem Leichtsinnigen, den ich später kennen lernte, gefiel es ausgezeichnet in Neuyork. Er war fix und schnell von Begriff und arbeitete zurzeit als Porter (Hausknecht), war schon Gläserspüler und einiges andere gewesen, aber immer nur so lange, bis er einige Dollar zusammen hatte. Dann vertat er das Geld, lag seinem Verwandten, unserem Wirt, zur Last und suchte erst wieder eine Beschäftigung, wenn es gar nicht anders ging. Der jüngere Bruder aber war eine schwerfällige und leicht verletzbare Natur, die gar nicht hierher paßte. Grobe Arbeit, auf die er angewiesen war, da er kein Englisch sprach, nahm ihn sehr mit, denn er war sie nicht gewöhnt. Auch fühlte er sich durch jedes derbe Wort beleidigt, wenn es auch gar nicht so böse gemeint war. Mir tat der arme Kerl, der sich seinem Bruder zuliebe opferte, von Herzen leid. Er war melancholisch, litt an Heimweh und haßte „dieses Land“, wo ihm weder sein ehrlicher Charakter noch das, was er gelernt hatte, nach seinen bisherigen Erfahrungen etwas nützte. So hatte er es sich nicht vorgestellt.

Wir saßen fortan öfters zusammen, und er faßte mit der Zeit Vertrauen zu mir. Von ihm erfuhr ich auch Näheres über unseren Wirt, auf den ich mir keinen Vers machen konnte. Ein hellblonder, untersetzter Mann, Ende der Dreißig etwa, mit einem auffallend fein geschnittenen Kopf und großen, blauen, melancholischen Augen. Außer beim Empfang hatte er noch kein Wort mit mir gesprochen. Wie ich jetzt erfuhr, stammte er aus Kurhessen. Sein Vater, ein gebildeter Mann, war ein Preußenfresser und hatte den Ältesten mit fünfzehn Jahren nach Amerika geschickt, damit er nur ja nicht bei den Preußen dienen mußte. Nun lebte er schon bald fünfundzwanzig Jahre in Amerika, war alles gewesen, was man nur sein konnte, und besaß seit drei Jahren diesen Saloon, der ihm monatlich etwa 400 Dollar Reingewinn abwarf. Hielt er es noch einige Jahre aus, war er für deutsche Begriffe ein wohlhabender Mann. Aber sein Magen war ruiniert, seine Lunge angegriffen, sein Gemüt verdüstert und er litt unter der Eifersucht seiner amerikanischen Frau, die ich nie zu Gesicht bekommen habe. Ihr Mann hatte eine kleine Farm, eine Stunde von Neuyork gekauft, wo sie meist lebte, um wenigstens nicht das Geschäft durch ihre Eifersucht zu stören. Dem Ältesten schickte der Vater noch vier Brüder nach, damit auch sie nicht zu den Preußen müßten. Der eine saß jetzt in einem Irrenhaus in Chicago, der andere schlug sich kläglich als Lunchkoch in einer kleinen Kneipe durch, ein dritter war Farmarbeiter im Westen, ohne es zu etwas bringen zu können, der vierte verschollen. So hatte der Vater alle seine Söhne einem Phantom geopfert. Ich hätte ihm gewünscht, er hätte seine Söhne in Amerika gesehen. Vielleicht hätte ihm dann doch das Gewissen geschlagen. So aber hörte er durch den Ältesten nur Gutes von allen. Sie wollten dem Vater daheim auf seine alten Tage nicht zwecklosen Kummer bereiten. Er hörte immer nur, daß es ihnen ausgezeichnet ging, und war stolz auf seine Klugheit. Eine heroische Kindesliebe, die sich hier ganz in der Stille verzehrte. Kein Buch spricht davon, keine Sage berichtet von ihr.

Erst nach drei Tagen fuhr ich gegen Abend wieder nach Neuyork in die Weststraße.

„Hallo, Mr. Müller!“ rief gleich der Bartender, „wo haben Sie denn gesteckt?“ Ich wich einer Antwort aus. Er maß mich von oben bis unten. „Das haben Sie gut gemacht. Warum haben Sie den Lump nicht gleich totgeschlagen?“ Ich stellte mich dumm. Einige Soldaten klopften mir wohlwollend auf die Schulter. „Mensch, wie haben Sie das gemacht?“ fragte der Bartender. “Er hat mich niederstechen wollen, und da hab ich mich gewehrt. Soll ich es zur Anzeige bringen?“

„Was?“ Der Bartender sperrt Mund und Nase auf. „Mensch, du hast ja wohl den Verstand verloren?!“

Ich sah ihn verwundert an.

„Well, Sie sind noch grün in diesem Lande. Haben Sie einen Zeugen, der dabei war, als der ›Schwarze‹ Sie kaltmachen wollte?“

Ich verneinte.

„Well, Sie haben Glück gehabt. Sonst kämen Sie nach Sing Sing (Zuchthaus).“

„Aber er hat mir an den Kragen gewollt, nicht ich ihm!“

Der Bartender lachte und explizierte den anderen den Fall. Sie lachten ebenfalls. Er wandte sich wieder an mich. „Bist du vielleicht schon in der Politik, du Greenhorn?“

Ich verstand nicht.

„In diesem Lande ist das so: Der ›Schwarze‹ ist bei der Politik. Er hat viele Tramps (Landstreicher) an der Hand, die ihr zweites Papier haben (Bürger sind). Wenn eine Wahl ist, treibt er sie zusammen. Für einen Quarter (Vierteldollar) wählt jeder, wenn der ›Schwarze‹ will. Verstehst du? Er hat aber auch Tramps, die schlagen für zwei Quarter jedem von der

Gegenpartei die Knochen entzwei, daß er das Bett hüten muß, bis die Wahl vorbei ist. So ist das."

„Das hat doch nichts mit dem Gericht zu tun!"

„Mensch, Mensch, nun sag' mal bloß, was aus dir werden soll, wenn du das nicht verstehst? Du kommst vor einen Richter, der ist von seiner Politik. Du nimmst dir einen Lawyer (Anwalt), der ist von derselben Politik. Du kommst nach Sing Sing, ob du recht hast oder nicht. Und weil du überhaupt nicht von der Politik bist, kommst du erst recht nach Sing Sing, auch wenn sie beim Gericht nicht von seiner Politik sind. Man muß von der Politik sein oder reich. Da kommt nie etwas nach. So ist das in Amerika."

Ich schüttelte den Kopf. Der Bartender sprach wieder eifrig mit den anderen, die seine Meinung bestätigten. Ob sie recht haben, kann ich nicht beurteilen. Jedenfalls war es die allgemeine Ansicht des ganzen Kreises.

„Er liegt im Bett und flucht und hat die Augen verbunden," erzählte der Kellner, der hinzukam. „So bald kommt er nicht wieder auf die Füße."

Der Bartender unterhielt sich englisch mit dem Kellner. Dann wandte er sich wieder an mich: „Well, drei, vier Wochen kannst du noch hier bleiben. Wie heißt du?"

„Fritz," antwortet" ich.

„In drei, vier Wochen, wir werden schon aufpassen und es dich wissen lassen, dann gehst du besser up town, mein Junge, verstehst du?" Ich verstand durchaus nicht.

„Dann bleibst du besser nicht down town, sondern gehst up town, mehr hinauf in die Stadt, ein paar Straßen weiter, wie man in Deutsch sagt. Sonst schickt er dir seine Tramps auf den Hals."

Nun verstand ich.

„Happy day, Fritz!" hieß es von mehreren Seiten und das „Traktieren" begann wieder. Ich hatte die allgemeine Sympathie für mich, und man nahm mich jetzt als Kameraden. Während der Bartender rasch und aufmerksam jeden Gast bediente, fand er doch noch Zeit, mir zu erzählen, daß er Vögel und Blumen über alles liebe. Deshalb sei er auch zwei Jahre Förster gewesen in diesem Lande. Aber dann kam ein neuer Bürgermeister und eine andere Politik, und er mußte gehen. Er hätte bleiben können, wenn er plenty Geld gespendet hätte, aber das wollte er nicht. Athlet, was er früher gewesen, konnte er nicht wieder werden, denn man hatte ihm zweimal den rechten Arm zerbrochen. Also machte er von seinem Ersparten einen Saloon auf. Es ging aber schief. So war er jetzt wieder Bartender und „down". In Amerika gehe es eben immer up and down (auf und nieder). Er denke, in ein, zwei Jahren sei er wieder up. Dann werde er es wieder mit einem eigenen Geschäft versuchen.

„Und wenn es wieder schief geht?"

„Dann fange ich wieder von vorne an."

„Macht Ihnen das Spaß auf die Dauer?"

Seine Augen blitzten. Und ob ihm das Spaß mache, das sei doch wahrhaftig kurzweilig genug. – Ich habe noch oft beobachten können, wie fast alle jungen kräftigen Männer, wenn sie nicht ausgesprochene Melancholiker waren, genau so dachten. Das Leben war ihnen hier wie ein Spiel; und mit einer Art Spielerleidenschaft hingen sie an Amerika und seinen Möglichkeiten, die ich so ohne weiteres nicht mehr „unbegrenzt" nennen möchte. Ging es ihnen sehr schlecht, dann träumten sie wohl davon, wenn sie erst wieder einigermaßen „oben" wären, sich nach Deutschland zurückzuziehen. Waren sie aber erst ein wenig „oben", dann wollten sie erst noch mehr erraffen. Meist waren sie dann aber bald wieder „down". Genau, wie es in Monte Carlo zugeht. Solange sie kräftig waren, begannen sie den Kampf unermüdlich von neuem, und so ging es „up and down", das Leben wie die Wünsche. So um die Vierzig herum verlor sich die Freude an diesem „Spiel", und immer wieder bekam ich es von allen Seiten zu hören, wer mit vierzig nicht sein Geld „gemacht" habe, mit dem sei nichts mehr los. Die Konkurrenz der Jugend ist zu groß. Der Kellner fragte mich, ob ich schon Arbeit gefunden habe. Ich verneinte. Was ich denn für eine Profession habe? „Gar keine." Er zeigte ein bedenkliches Gesicht. Es ginge auf den Winter zu, da bleibe alles, was eine Stellung habe, „picken", auch wenn es kein guter Platz sei. Am 1. Oktober käme auch noch alles vom Lande zurück. Die Geld „gemacht", erholten sich den Winter über. Die meisten aber suchten in der Stadt neue Tätigkeit. Er flüsterte: „Wie hast du das gemacht mit dem ›Schwarzen‹?" Ich zuckte die Schultern. „Sprich mal mit dem Alten (dem Boß)," meinte er eifrig. „Der Nachtporter geht, vielleicht nimmt er dich." – „Du bist ja wohl ganz verrückt, Mensch!" fuhr der Bartender dazwischen. „Sieh mal die Hände an, Mensch!" Er wies auf meine Hände. „Das ist keine Arbeit für Mr. Müller."

Der Kellner verteidigte sich. Der Nachtporter sei „draußen" Leutnant gewesen und habe jetzt Stellung in einer Office gefunden. So könne ich auch meinen Weg machen, wenn der Alte wolle.

„Leutnant!" meinte der Bartender ohne besondere Hochachtung. Er sah wieder auf meine Hände. „Können Sie typewriten?" Maschinenschreiben konnte ich in der Tat. „Siehst du, Mensch," wandte er sich an den Kellner. „Mr. Müller muß gleich in eine Office, wo er leichte Arbeit hat, schreiben und so, das ist alles." – „Aber er kann kein Englisch!" warf der Kellner triumphierend ein. „Sprechen Sie Französisch?" fragte der Bartender. Ich nickte. „Siehst du, Mensch, du bist auch zu dumm!" bekam der Kellner zu hören. So berieten sie, was ich anfangen solle. Auch andere beteiligten sich an dem Gespräch. „Hast du Geld?" hieß es. Ich zögerte mit der Antwort. „Haltet die Schnauze!" fuhr der Bartender dazwischen. „Das wird er euch gerade auf die Nase hängen." Vor zwanzig Jahren, ja, da genügte es, wenn man Geld hatte, einfach ein Geschäft aufzumachen, wenn man auch green war. Aber heute? Der Greenhorn wird gerupft und ist sein Geld los, ehe er sich umsieht. Spar du dein Geld, Fritz, und lerne erst einmal dieses Land kennen, und in drei, vier Jahren, wenn du dieses Land kennst, dann mache selbst ein Geschäft auf. Vielleicht bist du dann nicht mehr green."

Ein weiteres Resultat hatte dies Gespräch nicht. Ich schüttelte dem Bartender, der mir vom ersten Augenblick an sympathisch gewesen, die

Hand und wollte mich entfernen. Er beugte sich zu mir und fragte leise: „Wie hast du das gemacht mit dem ›Schwarzen‹?" Mir kannst du's sagen. Die anderen brauchen es nicht zu hören." Nach einem Augenblick des Zögerns antwortete ich: „Ich werde mich hüten." – „Mir kannst du's sagen." – „Lieber nicht." Der Bartender betrachtete mich wieder mit Wohlwollen. „Mensch, ich glaube, du machst deinen Weg in diesem Lande, du bist nicht dumm." Ich ging. Als ich in solcher Weise acht Tage am Neuyorker Hafen und in seiner Umgebung verbracht hatte, zählte ich wieder einmal mein Geld. Hier die Abrechnung:

7 mal Lunch à 20 Cent		1,40	Doll.
20 mal Fahrten à 5 Cent		1,–	"
40 Glas Bier à 5 Cent		2,–	"
3 mal Eier mit Brot à 10 Cent	} abends	0,30	"
4 mal Sandwich m. Fleisch à 15 Cent		0,60	"
2 mal Kaffee mit Brot à 10 Cent		0,20	"
Correct Guide		0,15	"
1 Gallon Spring Water		0,10	"
Zusammen		5,75	Doll.

Diese 5,75 Dollar abgezogen von 21,30 Dollar, blieben mir noch 15,55 Dollar. „Kaffee mit Brot", das heißt ein Frühstück morgens, nahm ich, um zu sparen, in den acht Tagen nur zweimal. Die vierzig Glas Bier habe ich nicht allein getrunken, sondern sie gingen beim „Traktieren“ drauf. Spring Water soll Quellwasser sein. Ich benutzte es für Gesicht und Zähne. Ich bezahlte dem Boß 2 Dollar für die Kammer auf eine weitere Woche. Ich hätte billiger wohnen können, aber dann hätte ich mit jemand anders zusammen ziehen müssen und meine Aufzeichnungen nicht vervollständigen können, was für mich wichtig war. Es blieben mir nun noch 13,55 Dollar. Ich mußte also ernstlich daran denken, Arbeit zu finden, sonst war ich sehr bald bankrott; und weniger als 10 Dollar durfte ich unter keinen Umständen nach den Behauptungen meiner Barfreunde in der Tasche haben, denn sonst ging es nach ihren Erfahrungen bei dem kleinsten Mißgeschick rapide abwärts. Man konnte sonst nicht mehr für reine Wäsche sorgen, seinen Anzug nicht aufbügeln lassen und dergleichen mehr, was hier nötig ist, um nicht rettungslos dem Strom der Arbeitslosen zuzutreiben, aus dem so leicht niemand mehr auftaucht, von merkwürdigen zufälligen Glücksfällen abgesehen. In einer Zeitung hatte ich gelesen, daß in diesem Jahre in dem einen großen Neuyorker Obdachlosenasyl schon 114 000 Menschen genächtigt hatten, mehr als im ganzen Jahre 1910. Und der Winter stand erst vor der Tür. Jene Zeitung schätzte die Zahl der Arbeitslosen in Neuyork zurzeit auf 200 000. Und der Winter stand erst vor der Tür. Im Battery-Park hatte ich oft genug Gelegenheit, ganze Scharen Arbeitsloser zu beobachten, Männer, Weiber und ganze Familien, vergrämte, kränkliche und kräftige Gestalten, betrunkene und nüchterne, rohe und schüchterne Menschen, junge und alte, dumpf vor sich hinbrütend oder in zynischen Gesprächen, furchtbar abgerissen oder die Fadenscheinigkeit der Kleidung mühsam verbergend, ein Heer des Jammers; um so schrecklicher, weil dieser Jammer meist stumm war und keine Worte hatte. Ihnen allen fehlt vor allem eins: der reine Kragen, hier das letzte Zeichen äußerer Reputation. Ohne reinen Kragen ist es fast aussichtslos, in Neuyork auf die Suche nach lohnender Arbeit zu gehen. Nur Fabrikarbeiter haben ihn nicht so nötig. Aber man sucht ja nicht nur Fabrikarbeit, man sucht jede Arbeit, und für jede ist er eine Empfehlung.

Mit neuem Eifer studierte ich die Zeitungsannoncen. Nicht selten fand ich: „Geschirrwascher, Mann, kürzlich gelandet, findet leichte Arbeit, muß auch Geschirr waschen; guten Lohn." Oder: „Mann, kürzlich gelandet, von gutem Hause, als Aufseher von einer Bauunternehmung gesucht." Oder: „Grocery-Clerk verlangt; muß etliche Orders austragen; 10 Dollar die Woche. Neugelandete bevorzugt." Ohne meine Bekannten hätte ich mich gerade nach solchen Stellen umgetan, denn ich war ja „neu gelandet". Die Bekannten aber rieten alle ab. Man suche so nur ein Greenhorn, das noch nichts von Amerika wisse und sich geduldig bis auf den letzten Blutstropfen aussaugen lasse. Danach stand mir vorläufig noch nicht der Sinn. Wurde aber nicht ein „Neugelandeter" gesucht, so verlangte man Kenntnis des Englischen, die ich nicht besaß. Trotzdem versuchte ich es einige Male, aber ohne Erfolg. Meist waren die Stellen schon besetzt, oder man wollte mich nicht, weil ich den Leuten nicht jung genug vorkam. Schon der Kellner in der Weststraße hatte mir mit einem Blick nach den Schläfen, wo das Haar grau wurde, geraten, es färben zu lassen. Jetzt tat ich es, aber ich fand doch keine Stelle. Ich war nur um 2 Dollar (für Färben) und 40 Cent (für Fahrten) ärmer. Die Nachfrage war eben zu groß.

Nun war mir längst aufgefallen, daß alle meine Bekannten, die jetzt irgendwie vom Gasthausgewerbe lebten, in Deutschland nie etwas der Art gelernt hatten. Alle möglichen Stände waren vertreten, durchgefallene Referendare, verunglückte Offiziere, Maurergesellen, Kaufleute, nur der nächstliegende nicht: der gelernte Kellner. Er kann sein Glück sofort up town, in der oberen Stadt bei besseren Restaurants versuchen. Ihn fand ich nie in den Hafensaloons, und ich hatte in diesen acht Tagen natürlich viel mehr Menschen kennen gelernt, als hier geschildert werden. Es gäbe ein dickes Buch, wollte ich von allen erzählen. Hier kann ich nur versuchen, eine kleine, charakteristische Auswahl zu geben. Der amerikanische Saloon ist eben offenbar das große Reservoir, das zunächst einmal die meisten deutschen Auswanderer aufnimmt, soweit sie sich nicht sofort einer Kirchengemeinschaft anschließen, soweit sie keine Profession gelernt haben, die sich hier sofort nutzbringend verwerten läßt. Aber auch der Teil der Leute, die eine Profession besitzen, strömt in dies Reservoir, wenn er ohne Englisch nicht auskommen kann oder zu schüchtern ist, es zu versuchen. Hier im Saloon als Porter, Omnibus, Geschirrwascher gewöhnt man sich erst einmal an amerikanische Sitten und hört sich das notwendigste Englisch an den Gesprächen ab. Wer energisch und gesund genug ist, besucht im Winter noch die Abendschule, wo er umsonst englischen Unterricht erhält: und der Boß ist fast immer so human, seinem Angestellten diese Stunde freizugeben. Hat man als Omnibus (Pikkolo) angefangen, wird man mit der Zeit in einem anderen Saloon Kellner; oder Gläserwascher oder Bartender. Und der Porter (Hausknecht) benutzt seine kargen Freistunden, sich eine passendere Tätigkeit zu suchen, wenn er erst Englisch radebrechen kann. Der frühere Offizier hat es in derlei Tätigkeiten leichter als zum Beispiel der frühere Kaufmann, der gar nicht an körperliche Arbeit gewöhnt ist. So kommt gar mancher nach Jahr und Tag in bessere Positionen, aber mancher bleibt auch im Saloon hängen, und nicht wenige gehen an ihm zugrunde. Auch in Neuyork gibt es Kreise, die einen leidenschaftlichen Kampf gegen die Saloons führen, und nicht ohne guten Gründe. Was aber aus einem guten Teil der Auswanderer, und es sind nicht die Schlechtesten, ohne den Saloon werden würde, daran denken sie nicht. Er müßte nämlich einfach verhungern.

Da ich jetzt viele Bekannte in verschiedenen Saloons besaß, so überlegte ich, ob ich sie nicht direkt um ihre Hilfe angehen sollte. Aber ich konnte mich noch nicht dazu entschließen. Bei wildfremden Leuten, die annonciert hatten, war ich schon gewesen, sie um Stellung anzugehen, aber meine Bekannten bitten – ich brachte es einfach nicht fertig. So kam der zweite Mittwoch in Neuyork. Ich erwachte mit mächtigem Appetit und zählte mein Geld, ob ich mir Kaffee und Brot vernünftigerweise leisten könne. 2 Dollar hatte das Haarfärben gekostet, 40 Cent hatte ich verfahren, einmal geluncht für 20 Cent, zweimal zu Abend gegessen für zusammen 20 Cent. Von den 13,55 Dollar besaß ich jetzt gerade noch 10 Dollar und 75 Cent. Noch zwei Tage, und das Minimum, das ich nicht aus der Tasche lassen sollte, war erreicht. Aber der Hunger ließ sich nicht beschwichtigen, und ich ging hinunter, zu frühstücken. Dann unterhielt ich mich mit dem Kellner, der guter Laune war, denn gestern waren Gäste hier gewesen, Steuermänner, die hatten 10 und 12 Dollar „gespendet“, und er hatte sie noch extra ausgeraubt. Sie waren betrunken gewesen und hatten erst nachher zahlen wollen. Nun, da hatte er ihnen eben einige Dollar zuviel auf die Rechnung geschrieben. Es war ein guter Tag gewesen gestern, er hatte im ganzen auf solche und ähnliche Weise 5 Dollar gemacht. Er war mit seinem Platz zufrieden, wie er sagte.

Ich hörte zu, hörte auch nicht zu, die Hauptsache war, daß ich saß, und daß dies Sitzen nichts extra kostete. Ging ich wieder von Hoboken aus nach Neuyork, so kostete das Geld. War ich in Neuyork, so würde ich doch wieder Arbeit suchen gehen und mein Geld zwecklos verfahren. Ich fand ja doch nichts. Wie bald man mutlos und apathisch wird in solcher Lage! Der Kellner stieß mich an. „Der Boß winkt. Siehst du das nicht?“ Ich erhob mich und ging zum Boß, der noch nie mit mir gesprochen hatte. Vielleicht wirft er dich hinaus, ging es mir durch den Kopf.

Er musterte mich einen Augenblick und sagte: „Ich habe ein job (Arbeit) für Sie!“

„Donnerwetter!“ entfuhr es mir, und ich richtete mich auf.

Er verzog keine Miene.

„Was für ein job?“ fragte ich, denn ich fürchtete schon, falsch gehört zu haben.

„Hier, in diese Office fahren Sie, aber gleich.“ Er reichte mir eine gedruckte Karte. „Sie sagen, Sie kommen von mir, das ist alles.“ Er drehte sich um, ich war entlassen.

„Ich danke Ihnen,“ sagte ich. „All right!“ brummte er, und ich machte mich auf die Strümpfe, denn die Office war nicht schwer zu finden.

Ich überreichte die Karte, sagte, von wem ich käme, hatte einen Dollar zu zahlen und wurde zu drei anderen gestellt, die so wenig wie ich zu wissen schienen, worum es sich eigentlich handelte. Wir warteten. Mit der Zeit kamen noch zwei hinzu. Lauter lange Kerle. Dann erschien ein schwerer Mann, musterte uns, schien zufriedengestellt und nahm uns mit. Wir fuhren mit ihm zu einer Ferry (Fähre) und befanden uns schließlich auf einer Art riesigen Jahrmarktsplatz mit Gequietsch und Geschrei an allen Ecken und Enden. Der „Menager“ brachte uns zu einer Bretterbude und sagte, jeder bekäme pro Woche 20 Dollar, und wir hätten nichts weiter zu tun, als hier herumzugehen und „Frankfurter“ zu schreien. Ich wußte immer noch nicht, worum es sich handelte. Dann aber wurde es mir klar, denn ich bekam eine weiße Schürze um und ein großes Blechgefäß, das drei Löcher hatte. Ich erinnerte mich, ähnliche Dinger schon nachts in Berlin in der Friedrichstraße gesehen zu haben. Kurz und gut, ich hatte Frankfurter Würstchen zu verkaufen. Die Würstchen wurden in das eine Loch geschüttet, große Brötchen, die abgezählt wurden, in das andere und in das dritte Sauerkraut. Ein großer Senftopf kam oben drauf. Mitgegangen, mitgehangen. Man zog los und schrie in das übrige Geschrei hinein: „Frankfurter! Frankfurter!“ Wollte jemand eine haben, so warf er ein 5-Cent-Stück auf das Blech, man schnitt ein Brötchen quer durch, bettete eine „Frankfurter“ hinein, warf eine Portion Senf darauf und klappte das Mahl zusammen. Nur wer Sauerkraut besonders verlangte, erhielt auch das auf einem Papierteller, die an der einen Seite der geheimnisvollen Blechtrommel, wie ich sie bezeichnen möchte, verstaut waren. So hatte man von Mittag bis Mitternacht herumzustehen, zu laufen und zu rufen: „Fränkfurter, Fränkfurter!“ Wurde die Trommel leichter, ging man wieder zum Menager. Neue Würstchen wurden eingefüllt, neue Brötchen abgezählt, denn so viele Brötchen fehlten, so viele Würste hatte man verkauft. Um Mitternacht wurde Schlußabrechnung gemacht und die übrig bleibenden Würstchen in eine übel duftende Lake befördert, wo sie bis zum nächsten Mittag blieben. Die in der Lake übernachtet hatten, mußten sorgfältig gereinigt werden, denn sie sahen übel aus. Dann wurden sie auf einem warmen Rost mit Fett übergossen, so daß sie am Schluß der Prozedur wieder „wie neu“ aussahen und so blank, daß man sich in ihnen hätte spiegeln können. Nur riechen durfte man nicht daran. Ich habe sie nicht einmal probiert, trotzdem ich nach Belieben davon essen durfte, und ich werde wohl bis zu meinem Tode keine „Fränkfurter“ mehr essen können. Sie stammten selbstverständlich nicht aus Frankfurt, sondern aus Neuyork. Bei dem Publikum aber ging das Zeug reißend ab. Warnen durfte ich nicht, wäre auch gar nicht verstanden worden. Also schrie ich wenigstens nicht allzu häufig: „Fränkfurter“. Aber die Blechtrommel verriet mich, die Leute kamen auch so. Business!

So ging es von Mittwoch mittag bis Sonntag nacht. Es war nicht übermäßig anstrengend, denn man konnte sich ja setzen, wenn man müde war. Am Sonntagabend bekam ich einen Scheck auf 10 Dollar und brauchte am anderen Tag nicht wiederzukommen, denn die „Saison“ war hiermit zu Ende. Wir Greenhörner wußten das nicht, und deshalb hatte man für diese letzte halbe Woche lauter Greenhörner engagiert. Immerhin, ich war, alle Ausgaben abgerechnet, um 7 Dollar reicher und besaß jetzt wieder 17 Dollar und 75 Cent. Der Anfang war gemacht, und aller Anfang ist schwer.

Up and down.

Der Anfang war gemacht, und aller Anfang ist schwer. Das ist ein deutsches Sprichwort und paßt nicht nach Amerika. Hier bedeutet für alle, die nicht Englisch sprechen, jede neue Arbeit ein neuer schwerer Anfang. Leider kann ich aus Raumrücksichten nun nicht von allen Erlebnissen der nächsten Wochen erzählen. Wie ich schon eine Auswahl unter den Menschen treffen mußte, die ich kurz zu schildern versuchte, so kann ich jetzt erst recht nur einige besonders charakteristische Episoden aus dem Leben der nächsten Wochen herausheben. Diese Wochen liegen noch nicht lange hinter mir und lasten zuweilen auf mir wie ein schwerer, böser Traum, der doch Wirklichkeit war; denn entzündete Augen, geschwollene Hände, schmerzende Füße und mancherlei Nervenschmerzen bezeugen diese Wirklichkeit kräftiger, als nötig wäre.

Wie ich den ersten Verdienst einem Zufall oder richtiger einer Freundlichkeit meines Boß in Hoboken verdankte, so verdanke ich auch in den nächsten Wochen bis ganz zum Schluß, als ich nicht mehr so

„grün“ war, die Arbeit, die ich fand, meinen Bekannten. Man ist nach meinen Erfahrungen in meiner Situation, welche die meisten Auswanderer aus Westeuropa mit mir teilen, soweit sie nicht von Freunden und Verwandten erwartet werden oder ein Handwerk verstehen, eben in erster Linie auf die Saloons und die Bekanntschaften, die man dort macht, angewiesen. Meine Bekannten zeigten sich im ersten Augenblick geradeso zugeknöpft wie alle Amerikaner, aber wenn man sie zum Reden kommen ließ, ohne sie zu unterbrechen, waren sie meist offenherziger, als man es in Deutschland kennt. So sehr sie auch teilweise im Kampf um den Dollar verwildert waren, und so sehr sie mit ihrem Amerikanismus prahlten, der nur eine Rücksicht und einen Freund kenne: den Dollar, so haben sie mich doch nie in Stich gelassen, wenn die Not groß war. Und hat mich auch mancher übers Ohr gehauen, wenn es ihm rentabel schien und er das sich selbst dem „Grünhorn“ gegenüber sozusagen schuldig war; wenn es mir wirklich schlecht ging, zeigten sich die meisten hilfsbereit, nicht nur in Worten, sondern auch in Taten; denn gar mancher opferte einmal eine Stunde seiner karg bemessenen freien Zeit, um sich für mich nach einer Tätigkeit umzutun, und fast alle nannten mir diesen oder jenen Platz, von dem sie wußten, daß er frei war oder frei würde. Ich stand in ihren Reihen, und sie handelten fast immer als gute Kameraden an mir. Und denke ich an die Freunde meines bisherigen Lebens, so muß ich als ehrlicher Mann sagen, daß ich bessere Freunde wie unter diesen recht wilden Hafengesellen von oft recht zweifelhafter Hantierung bisher überhaupt nicht gefunden habe. Das Herz ist mir oft warm geworden unter ihnen wie lange nicht mehr. Zerschundene Knochen will ich gerne in Kauf nehmen, da ich dafür einen neuen Glauben an menschliche Güte und Hilfsbereitschaft empfing. Nie habe ich so gut begriffen wie in diesen Wochen, weshalb sich der Mann aus Nazareth durchaus zu den „Sündern“ hielt, ihnen so viel verzieh und nur den „Pharisäern und Schriftgelehrten“ nichts. Man lernt auch heute leichter unter Spitzbuben an Menschen glauben, als unter den unentwegt Tugendhaften. Der alte Tolstoi mit seiner reichlich monotonen Predigt von der Liebe hat doch viel tiefer ins Herz der Menschheit geblickt als die „guten Europäer“ mit ihren nie langweiligen Sentenzen über den

Egoismus. Meine oft recht üblen Kameraden lehrten mich, daß, wer an die Liebe und Hilfsbereitschaft appelliert, sich an einen Urinstinkt der Menschheit wendet, der unausrottbar ist, wogegen der Egoismus nur ein sich wichtig machendes Nebenprodukt der „Intellektuellen" bedeutet. Wer ausgerechnet in Amerika unter den Verhältnissen, in denen ich leben mußte, als ehrlicher Mensch nicht ohne Widerstreben in solche Worte das Fazit seiner Erfahrungen kleiden muß, dem – „kann nichts mehr geschehen". Amerika hat mich reich gemacht, wenn auch nicht an Dollars.

Als das Geschäft mit den „Fränkfurtern" zu Ende war, verließ ich Hoboken und siedelte in die Weststraße nach Neuyork über. Die Kammer, die ich hier für 2 Dollar fand, war zwar noch kümmerlicher als die in Hoboken, denn sie besaß überhaupt kein Fenster, sondern nur an der Decke einen Luftschacht; aber ich wollte die unnötige Ausgabe für die Fahrten von Hoboken nach Neuyork sparen und auch meinen Bekannten am Hafen näher sein. Guten Mutes begab ich mich zu der Office, die mich als Wursthändler verdingt hatte, und erwartete, sofort wieder Arbeit zu finden. Aber ich täuschte mich trotz des reinen Kragens und der aufgebügelten Kleider, was 50 Cent gekostet hatte. Es wurden nur Leute gesucht, die Englisch sprachen, oder es handelte sich um Stellen, Erd- und Bahnarbeiten, zu denen ich mich nicht entschließen konnte.

Gegen Abend ging ich zu den Bekannten, um sie über ein Metier auszufragen, mit dem ich es jetzt zu versuchen gedachte. Ich hatte mir zweimal in den letzten Tagen die Schuhe wichsen lassen. Bei dem schönen Wetter war es früher nicht nötig. Es kostete jedesmal 5 Cent. Man brauchte kein Wort dabei zu sprechen, ich hatte gut aufgepaßt, wie der Mann das machte und glaubte, solche Arbeit auch verrichten zu können, und mein Kapital reiche aus, die nötigen Utensilien zu kaufen. Meine Erkundigung wurde unfreundlich aufgenommen. Das sei nur ein Geschäft für Italiener. Sie waren als billige Arbeiter und hinterlistige Messerhelden verhaßt. Auch hätten die Stiefelwichser meist einen Boß über sich, der die Plätze vergäbe. Ferner käme man nicht in dies Geschäft ohne gute Beziehungen zu einem Friseur. Da ich mich selbst rasierte, hatte ich solche Beziehungen nicht aufzuweisen. Wenn ich es trotzdem versuchte? „Dann hast du über Nacht ein Messer zwischen den Rippen." Der Preis war mir zu hoch, und ich versuchte es in einer anderen Office. Ich versuchte es noch oft in dieser Woche, aber ohne Erfolg. Selbst wenn eine Stelle noch offen war, wollte man mich nicht, weil ich ohne Empfehlung kam, oder weil ich trotz der gefärbten Haare dem Boß nicht jung genug erschien.

Hatte ich mich müde gelaufen, setzte ich mich in einen der Parks. Hier hatte ich Ruhe, ein wenig Grün, bessere Luft, und Menschen gingen und kamen. Ich weiß jetzt, was so ein öffentlicher Park an Erholung und Unterhaltung für den Armen bedeutet. War ich besonders niedergeschlagen oder besonders leichtsinnig, ging ich in ein Kinematographentheater für 5 Cent. Da ist es so unendlich still für Ohren, die sonst im Straßenlärm leben, so wunderbar fein und rein für Menschen, die in dunklen Kammern hausen, und die Gedanken werden abgelenkt von den Sorgen um Arbeit. Außerdem befindet sich an jedem Sitz ein kleiner Automat. 5 Cent, und man kann sich an einer Tafel Schokolade delektieren. Kurz, es ist herrlich. Meist wurden Indianerüberfälle vorgeführt oder sentimentale Liebesgeschichten, bei denen die Tugend oder das Geld siegte; aber auch das Geld war hier Tugend. Wenigstens ein Beispiel: Zwei Brüder lieben eine Maid. Sie liebt nur den Tugendhaften, der durch einen schönen, glatten Scheitel charakterisiert wird. Darauf rennt der andere, offenbar ein Bösewicht, denn er trägt einen wilden Haarschopf, fort. Wir finden ihn wieder, wie er einen greisen Goldgräber, der über seinen Schätzen sitzt, niederschlägt. Triumphierend erscheint er mit den Goldsäcken, und jetzt liebt die Maid ihn. Heftige Auseinandersetzung zwischen den Brüdern. Der Edle erfährt die Schandtat, nimmt die Goldsäcke und eilt davon. Der Bösewicht hinterdrein. Die Maid zieht ein schiefes Gesicht. Der greise Goldgräber ist nicht tot, sondern gräbt bekümmert nach seinen Schätzen. Der edle Bruder erscheint, Jubel des Greises. Der böse Bruder erscheint, Angst des Greises. Aber er ist nicht umsonst ein Greis, beide Brüder springen zu, und der Greis stirbt in beider Arme. Und das Gold? Auch der Bösewicht ist nun bekehrt, auch er will das Gold nicht mehr. Die Maid erscheint und findet zwei edle Brüder an der Leiche des Greises. Was nun? Wen wird sie nehmen von den beiden edlen Brüdern? Sie nimmt keinen von den beiden, sie nimmt das Gold und zieht damit in einer edlen Pose ab wie ein Engel, der Lilien aus dem Paradiese trägt. Niemand lachte, niemand empfand diese Schlußapotheose ironisch, jeder fand sie natürlich.

Am Sonntag nachmittag fuhr ich mit einem Expreß der Untergrundbahn für 5 Cent eine Stunde lang bis zum Broux-Park, wo sich ein zoologischer Garten befindet, der sich durch seine gewaltigen Dimensionen auszeichnet, in dem die Tiere sich verlieren. Der Eintritt ist frei. Am Sonntag fuhr ich für 5 Cent zum Zentralpark, der sich mit dem Berliner Tiergarten vergleichen ließe. Nur sind die Denkmäler dünner gesät und weite Rasenflächen frei für das Publikum, das Tennis oder Basebale, das amerikanische Nationalspiel, wie es scheint, spielt oder den Spielern zuschaut, hoch und niedrig, was in Amerika heißt: arm und reich durcheinander, ohne einander zu genieren. Ich habe in Deutschland nie gesehen, daß Arbeiter Kindern reicher Leute ohne weiteres den Ball, wenn er sein Ziel verfehlte, suchen halfen, als sei dies ganz selbstverständlich. Ich für meine Person setzte mich immer wieder an den Reitweg und sah als alter Pferdenarr den Reitern zu. Merkwürdig, hier reiten sie fast alle auf Trense statt auf Kandare. Ich bekam eins mit der Peitsche, wenn ich es tat. Hier ließen sie die Kandare baumeln, nicht nur die Sonntagsreiter. Auch als es Abend wurde, sah man für deutsche Augen auffallend viele Damen allein, zu Pferd und zu Fuß. Der Tracht nach viele Emanzipierte darunter. Aber auch viele andere. Was Auto oder zwei Pferde lang fuhr, unterschied sich im Äußeren nicht von dem, was in Berlin dasselbe tut.

Daheim stürzte ich dann meine Kasse. Dies war das Resultat:

Miete	2,–	Dollar
Kleideraufbügeln	0,50	"
Stiefelwichsen 2 mal à 5 Cent	0,10	"
4 mal Kinematograph	0,20	"
2 mal Schokolade	0,10	"
Bier	0,50	"
Wäsche	0,70	"
4 mal Lunch	1,60	"
8 mal Abendessen	0,80	"
2 mal Frühstück	0,20	"
1 mal 4 Äpfel	0,05	"
Fahrten	0,50	"
Zusammen	7,25	Dollar.

Ich war also wieder so weit wie vor den „Fränkfurtern". Es ist vielleicht aufgefallen, daß vier Äpfel 5 Cent = 20 Pfennige kosteten, also das Stück 5 Pfennige, ein sehr teurer Preis, zumal wenn man sieht, wie im Westen ungezählte Zentner an den Bäumen und auf der Erde verfaulen. Wie kommt das? Wie bei allem, was das Leben verteuert, heißt die Antwort auch hier: der Trust. In Deutschland klagen wir über Steuern, Marine- und Heeresausgaben. Hier klagt man über die Trusts. Ein beachtenswerter Unterschied aber besteht darin, daß deutsche Steuern usw. irgendwie der Gesamtheit zugute kommen, die Einnahmen der Trusts aber nur einigen Kapitalistengruppen. In Neuyork ist das Obst eines der wenigen Nahrungs- und Genußmittel, bei denen Fälschungen sich nicht zu rentieren scheinen, für den armen Mann fast unerschwinglich.

Da es die Hausfrauen interessieren dürfte, nenne ich hier auch die Preise für das Waschen:

Collars (Kragen) pro Stück	2	Cent (8 Pf.)
Cuffs (Manschetten, „Röllchen“) pr. St	2	"
Chemisettes, open front (Oberhemden)	15	"
Full Dress (Frackhemd)	15	"
Flanell (Flanellhemd)	10	"
Handkerchiefs (Taschentücher)	pr. St. 2	"
Siek (seidene Taschentücher)	5	"
Undershirts (Unterhemden)	8	"
Drawers (Unterhosen)	8	"
Pajamas	20	"

Nightshirts (Nachthemden)	10	"
Socks (Socken) das Paar	20	"
Neckties (Waschschlipse)	3	"

Zu einer Arbeit kam ich erst wieder durch den Saloon in der Weststraße; und wieder war es der Kellner, der sie mir vorschlug. Diesmal aber fern vom Bartender, der mich durchaus in eine Office haben wollte. Und diesmal nahm ich den Vorschlag des Kellners dankend an. Überlegen soll man hierzulande überhaupt nicht, sondern zufassen. Ein Freund des Kellners war Oberkellner in einem größeren Restaurant in der Altstadt. Er sei zwar „scharf", aber wenn ich Arbeit brauche, solle ich hingehen, er suche einen Omnibus, was wir Pikkolo nennen. Ich war zwar reichlich ausgewachsen für einen solchen, aber das war Nebensache. Wenn ich nur überhaupt eine Arbeit fand. Ich begab mich also mit einer empfehlenden Zeile des Kellners aus der Weststraße zu besagtem Oberkellner. Er las die Empfehlung und fragte: „Hast du schwarze Kleider?" Ich besaß leider nur eine schwarze Hose. Er wies mich an einen Laden in der Nähe, wo ich das Nötige kaufen könne. Ich kaufte einen Kellnerrock und eine schwarze Weste für 3 Dollar. Als ich zurückkehrte, bekam ich eine weiße Schürze um und war hilflos, denn ich konnte einfach nicht gehen. Ich glaubte immer, jeden Augenblick über die Schürze zu fallen. Auch das will gelernt sein. „Paß gut auf, was ich dir zeige. Heute laß ich dir Zeit. Morgen mußt du's wissen. Paßt du auf – all right. Vergißt du etwas, well, dann gehe ich oder du." Er war wirklich sehr „scharf". Zunächst zeigte er mir, wie man Servietten kunstgerecht aufbaut. Ich war nie ein Genie in Handfertigkeiten und brauchte fast eine Stunde, bis ich den Knick weg hatte, durch den eine zusammengelegte Serviette plötzlich Tütenform annimmt. Er ließ mich gewähren, bis ich es konnte, und zeigte mir dann meine anderen Obliegenheiten, soweit sie das Restaurant angingen. Ich hatte das frisch gewaschene Geschirr im Büfett unterzubringen, Eiswasser und Butter für die Gäste herzurichten sowie die Tische zu decken: ein

Teller, links zwei Gabeln, rechts zwei Messer, ein silbernes für weiche Speisen, ein scharfes, stählernes für das unvermeidliche Steak, ein Löffel und als Krönung des Ganzen auf dem Teller die Serviette in Tütenform. Der gestrenge Herr Oberkellner hatte noch zwei Kellner unter sich, denen ich aushelfen mußte, wenn ich für den Herrn Oberkellner nichts zu tun hatte. Natürlich wollten sie mich möglichst ausnutzen, und gleichzeitig verlangte auch der Oberkellner nach mir. Von allen Seiten hagelte es dann Flüche auf mich armen Omnibus: „Sohn einer Dirne!" und anderes, was sich hier nicht wiedergeben läßt. Amerikanisch fluchen habe ich denn auch sehr bald gelernt. Morgens um sieben hatte, ich in der Küche anzutreten, Holz klein zu machen, Geschirr zu waschen, Kartoffeln zu schälen und Gemüse zu reinigen. Auch hier hagelte es Flüche. Aber es war gar nicht so bös gemeint, und man hatte allgemein zwei Tage Geduld mit mir, Schonzeit, bis ich einigermaßen Bescheid wußte. Dann aber gab es keine Nachsicht, mehr. Kam ein Gast, so hatte ich ihm ein Glas Eiswasser und ein Stück Butter nebst Brot hinzustellen. Gleichzeitig sollte man aber einem anderen Gast abservieren. Zur Lunch- und zur Dinerzeit war das Lokal voll, da handelte es sich nicht um zwei, drei, sondern um Dutzende von Gästen, die sich in den verschiedensten Stadien ihrer Mahlzeit befanden. Zwischendurch mußte man für neues Eiswasser, neues Brot, neue Butter sorgen. Und der Koch in der Küche wartete schon ungeduldig, daß der Omnibus wieder schälen und Gemüse reinigen half. Man hätte zehn Arme und zwanzig Beine haben müssen und besaß doch nur zwei von jeder Sorte. Es war fürchterlich. Die Hände verbrannte man sich. Die Haut sprang auf und war bald voller Risse, die Füße wurden wund, die Knie wurden mit der ungewohnten Schürze nicht fertig. Und das alles für 5 Dollar wöchentlich. Allerdings bei freiem Essen und Trinken. Aber von morgens um sieben bis abends nach acht auf den Beinen. Man hätte heulen können vor Arbeit und vor Schmerzen, wenn man Zeit dazu gehabt hätte. Am schlimmsten aber war es, morgens nach bleiernem Schlaf rechtzeitig aufzustehen. Alle Glieder schmerzten, Hände und Füße brannten. Meinem schlimmsten Feind wünsche ich das nicht. Und schon nach zwei Tagen hatte ich ganz vergessen, daß diese Schinderei für mich doch gar nicht Selbstzweck sein mußte. Ich dachte nicht einen Augenblick daran, daß ich ja jederzeit den „Omnibus“ wieder abwerfen konnte und zum Beispiel nach Berlin kabeln. Die ganze Arbeit nahm mich so mit, daß sie mir einfach Selbstzweck wurde, um mich über Wasser zu halten.

Am zweiten Abend, bevor ich nach Hause ging, gab mir der Oberkellner einen Quader (25 Cent), er schien also leidlich mit mir zufrieden zu sein. Er fragte mich, ob mir die Kellner auch etwas gegeben hätten? Ich verneinte. Da rief er sie, und jeder mußte mir 10 Cent geben. 45 Cent extra hatte ich am Abend sozusagen zu beanspruchen, wenn ich meine Sache leidlich gemacht hatte.

So ging es sechs Tage. Es war morgens um elf, und ich hatte über anderer Arbeit vergessen, rechtzeitig das reine Geschirr ins Büfett zu stellen. Ein großer Schreck befiel mich, und ich wollte eiligst zur Küche. Aber schon rief mich der gestrenge Herr Oberkellner: „Wo ist das Geschirr?“ Ich schwieg. „Well, du kannst gehen.“ Aus war es mit dem „Omnibus“, ich war entlassen und saß wieder auf der Straße. Wäre ich seinerzeit durch das Abiturientenexamen gefallen, hätte ich nicht deprimierter sein können. Ich wundere mich heute, wie tragisch mich das damals stimmte. Ich war aufs tiefste enttäuscht und bedrückt. Also in Amerika taugst du nicht einmal zum Omnibus! Ich war ganz desperat und so herunter und kaputt, daß ich mich hätte erschießen können. In den Saloon in die Weststraße wagte ich nicht zu gehen, denn ich schämte mich vor dem Kellner. Ich verkroch mich in meine Kammer und warf mich aufs Bett. Dort schlief ich ein und erwachte erst gegen Abend mit zerschlagenen Gliedern und fürchterlichem Hunger. Ich warf die Kellnerjacke wutentbrannt in die Ecke, zog mich um und fuhr nach Hoboken, wo man nichts von meinem Mißgeschick wußte.

Hier traf ich die beiden Brüder, den leichtsinnigen und den schwerfälligen, von denen ich schon sprach. Der Leichtsinnige hatte seine Porterstelle aufgegeben, denn er besaß nun wieder ein paar Dollar, und Wohnung und Essen hatte er bei seinem Verwandten, dem gutmütigen, stummen Boß mit den großen, melancholischen Augen, frei. Der schwerfällige war derweil Porter im Vereinshaus eines großen deutsch-amerikanischen Sängerbundes geworden. Kaum hatte ich mich gesetzt, so fragte er, ob ich in Arbeit sei. Ich verneinte. Mit großem Eifer redete er mir nun zu, mit ihm zu kommen. Sie seien vier Porter jetzt, wo die Saison ihren Anfang nehme, und einen brauche man noch. Der Boß habe schon verschiedene fortgeschickt und sei in Verlegenheit. Es sei zwar sehr viel Arbeit, den ganzen Tag müsse rein gemacht werden, Speisezimmer, Rauchzimmer, Lesezimmer, Säle. Auch bekäme man nur 4 Dollar die Woche. Aber jetzt begännen die Kegelabende, da hätten die Porters Kegel aufzustellen und machten plenty tips (Trinkgeld). Ich mochte nicht und unterhielt mich mehr mit dem amüsanteren leichtsinnigen Bruder. Der andere verschwand, erschien erst nach zwei Stunden wieder, freudestrahlend, er habe mit dem Boß gesprochen, ich solle morgen früh um sechs nur gleich mitkommen. Der brave Kerl freute sich so, mir Arbeit verschafft zu haben, daß ich es nicht über mich brachte, ihm die Freude zu verderben. Ich ging mit und wurde Porter (Hausknecht) in besagtem Vereinshaus. Acht Tage hielt ich es aus. Die körperliche Arbeit war noch schwerer. Den ganzen Tag schruppen und waschen. Man trug bei der Arbeit einen over-all, eine sehr praktische amerikanische leinene Überhose, die bis zur halben Brust geht und schont so die Kleider. Sie kostete einen Dollar. Abends Kegel aufstellen und, wenn ein „Kränzchen" oder sonst eine Festlichkeit war, unausgesetzt die Säle säubern. Aber diesmal kündigte ich, das heißt, als mir der Lohn ausbezahlt wurde, rollte ich ostentativ meinen overall zusammen. „Was heißt das, Fritz?" fragte der Boß. „Das heißt, daß ich gehe," erwiderte ich und trollte mich. Eine Kündigung gibt es in diesen Stellungen nicht. Man geht einfach fort, wenn es einem nicht paßt. Aber man wird auch ohne viel Federlesens an die Luft gesetzt, wenn man dem Boß nicht paßt.

Diesmal war ich nicht im geringsten deprimiert, sondern kam mir schon recht smart und amerikanisch vor. Auch hatte ich das Gefühl, nun könne mir nichts mehr passieren, wo ich Omnibus und Porter gewesen, nun werde ich mir leichter weiterhelfen.

Ich begab mich geradeswegs zu meinem Saloon in der Weststraße und war bitter enttäuscht, daß sich zunächst kein Mensch um mich kümmerte. Genau wie damals, als ich zum erstenmal hier eintrat. Ich hatte ein kräftiges Händeschütteln usw. erwartet. Aber ich war ja schon eine ganze Weile nicht mehr hier gewesen. Man vergißt schnell in Amerika und hat zu viel mit sich selbst zu tun.

Erst als sich wieder die angetrunkenen Soldaten einstellten, kam es zu dem gewohnten Gespräch, das plötzlich, mit einem Ruck sozusagen, verstummte. Alles sah zur Tür. Ich auch. Mein hessischer Landsmann, der „Schwarze“ trat ein, das linke Auge verquollen, das rechte in einer Binde. Das konnte gut werden. Man sah auf mich, man versprach sich entschieden ein interessantes Renkontre, womöglich mit Pistolenknallen und Messerstichen. Der Menager trat hinter den „Schwarzen“, der mich offenbar noch nicht erblickt hatte. Ich nehme an, um ihm gleich in die Arme zu fallen. Zwei Soldaten traten näher zu mir. Ich nehme an, um mich aufzustacheln, denn ihnen war jeder Spektakel willkommen. Der Menager aber hatte alles Interesse daran als Vertreter des Boß, es nicht zu einem Skandal kommen zu lassen.

Aber es kam ganz anders, als wir alle erwartet hatten. Als mich der „Schwarze“ erblickte, kam er und schüttelte mir die Hand: „Mensch, wo hast du gesteckt? Ich habe dich überall gesucht.“ Man lächelte verständnisinnig. Der Menager ließ kein Auge von meinem Landsmann. „Ich muhve morgen mit einem Steamer nach Cuba“, fuhr der ›Schwarze‹ fort, „als Steward. Muhve mit als zweiter Steward. Wir machen plenty Geld. Du machst 25 Dollar hin und 25 retour, macht 50 Dollar, und kannst unterwegs keinen Cent ausgeben.“ – „Wie lange dauert denn das?“ fragte ich, um doch etwas zu sagen. „Vier Wochen, sechs Wochen,“ erwiderte er. „Es ist ein spanischer Steamer, aber das macht nichts, ich verstehe Spanisch. Und drei Deutsche sind wir. Abends spiele ich die Quetschkommode (Ziehharmonika), es wird lustig, sag' ich dir, und fast gar keine Arbeit. Ich koche für die Matrosen, und du trägst auf, das ist alles.“ „Wann soll's losgehen?“

„Morgen früh. Weißt du, ich will mal wieder verschwinden von Neuyork, so auf einige Wochen, verstehst du?“ Sein gelbes, verwahrlostes Gesicht zuckte nervös.

„Ich kann nicht fort," log ich, „ich habe Arbeit."

„Mensch, dann muhvst du eben aus, das ist alles."

Er redete immer eindringlicher auf mich ein, aber ich gab nicht nach, ich sah nur auf seine Hände, ob sie nicht wieder ein Messer zögen. Aber nichts dergleichen geschah. Er redete auf mich ein, war vorlaut wie immer, lachte und machte zynische Witze und ging schließlich, da ich nicht mitkommen wollte. Die Vorgänge im Battery-Park erwähnte er mit keiner Silbe. Ob er es ehrlich mit seinem Vorschlag meinte? Ob er dachte, er könne mich leichter auf dem spanischen Schiff unschädlich machen? Ich weiß es nicht, denn ich habe ihn seit jenem Abend nicht wiedergesehen.

„Pap'."

Wieder war ich ohne Arbeit, bis mir der Bartender aus der Weststraße eine Stelle als Lagerist in einem großen Whiskeyhaus verschaffte, für das er nebenbei Geschäfte machte. Ich hatte Kisten zu verpacken, Flaschen zu reinigen und dergleichen. Der Bartender hatte mir klargemacht, so fingen die meisten an, die später ins Kontor kämen und womöglich einmal Geschäftsteilhaber würden. Ich sah bald, daß ich nicht mehr jung genug war, um die Stunde zu erleben, da ich Teilhaber der ehrenwerten Firma wurde, die ihr Gift in riesigen Quantitäten über die amerikanische Menschheit ausgoß. Ich habe dann wieder herumgelungert und gehungert, was mir nicht allzu schwer fiel, denn mein Magen vertrug die Kost mit all den gefälschten Nahrungsmitteln nicht mehr. Ich machte es gar oft wie andere arme Schlucker und begnügte mich mit Bier und einigen Gratisbissen beim Freilunch in den Saloons. Über meine paar Dollar wachte ich wie ein Geizhals. Ich fand dann wieder einmal Arbeit als Delikateß-Clerk, wo ich von morgens bis abends Wurst und Schinken aufzuschneiden hatte. Auch als Porter und als Geschirrwascher schlüpfte ich unter und hielt mich mühsam über Wasser, so daß ich immer 10 Dollar in der Tasche behielt. All diese Stellen glichen einander wie ein faules Ei dem anderen. Unmäßig viel körperliche Arbeit und 4 bis 6 Dollar die

Woche nebst freiem Essen und Trinken, was meist so schlecht wie möglich war. Ich fand Kameraden aus allen Ständen und Berufen, Gebildete nach europäischen Begriffen und Ungebildete, mit denen ich naturgemäß leichter bekannt wurde. Die Gebildeten hielten sich voreinander zurück und ließen sich begreiflicherweise nicht in ihr Leben blicken. Ich traf auch viele kranke Menschen unter ihnen, deren Kräfte bald erlöschen mußten wie ein Dreierlicht. Es war ein entsetzlicher Kampf aller um das bißchen Leibesnahrung und um das bißchen Englischlernen. Was an Energie vorhanden war, verzehrte sich in diesem Kampf; und wer nicht mehr physisch litt, weil sich sein Körper an die Arbeit gewöhnt hatte, der litt unter der Monotonie seiner Tätigkeit und dem Stumpfsinn der ganzen Umgebung, für die es nur einen Gedanken gab: den Dollar. Dabei kein freier Tag und kein Sonntag. Wer frei haben wollte, mußte einen Ersatzmann stellen und ihn aus seiner Tasche bezahlen. Kein Wunder, daß mancher dann an einem freien Tag sein ganzes Geld vertat. Es war fast eine notwendige Reaktion. Kein Wunder, daß es unter meinen Bekannten so viele Säufer gab. Ich selbst litt, sowie der Reiz der Neuheit verging und ich nicht einfach umfiel vor Müdigkeit, unter einer tödlichen Langeweile, war aber nicht imstande, auch nur mit einiger Aufmerksamkeit eine Zeitung zu lesen. Auch konnte ich mich jetzt nicht mehr aufraffen, Aufzeichnungen zu machen. Dazu kam ich erst wieder, als ich in eine etwas andere Sphäre verschlagen wurde, von der ich jetzt erzählen will.

Der Bartender in der Weststraße und der westfälische Hausverwalter, der in jener Nacht, da der Boß seufzte und mein hessischer Landsmann von der „guten alten Zeit" in Amerika schwärmte, auch anwesend war, glaubten erkannt zu haben, daß ich „draußen" studiert haben müsse, und daß ich wohl zu etwas Besserem zu brauchen sei. Sie hatten über mich zu einem Badenser gesprochen, der es in den zehn Jahren, seitdem er hier lebte, zu etwas gebracht hatte und jetzt einige tausend Dollar „wert" war. Als ich wieder einmal in dem Saloon erschien – fast alle Deutschen bleiben den Kneipen treu, in denen sie zuerst verkehrten, schon weil sie den Treffpunkt für die Bekannten abgeben –, rief mich der Bartender zu sich.

Er betrachtete mich spöttisch. „Mensch, du bist so dumm wie ein kleines Kind! Man sollte dich gar nicht allein auf die Straße lassen! Und eigensinnig bist du auch. – Warum spielst du Porter und Omnibus, wo du es gar nicht nötig hast? Das paßt doch nicht für dich."

„Zu was anderem bin ich hier nicht zu gebrauchen," knurrte ich.

„Weil du dumm bist, weil du nicht willst!"

„Das muß ich doch besser wissen."

„Wetten?!" Es wird immer gleich gewettet.

„Hab' kein Geld dazu."

„Also warte, setz' dich down!" Ich hatte nichts zu versäumen und setzte mich. Als der Bartender Zeit hatte, telephonierte er. Nach einer Weile erschien ein Mann mit hellblondem deutschen Spitzbart und sprach mit dem Bartender, der mir winkte. Er stellte mich vor. Ich will den Badenser Mr. Maier nennen. Er lud mich in das „Café", wo wir uns niederließen, und stellte eine Art Examen mit mir an. Ob ich studiert habe, ob ich Französisch könne und dergleichen. Nur die eine Frage fehlte, die nie an mich gestellt wurde, weshalb ich nach Amerika gegangen sei? Ich fand das zuerst ungewöhnlich taktvoll und begeisterte mich für diesen amerikanischen Takt. Als ich erst weniger „green" war, wußte ich, man stellte diese Frage einfach deshalb nicht, weil man ja doch angelogen worden wäre.

So fragte der Badenser hin und her und meinte dann, ich solle mit meinem Trunk (Koffer) zu ihm muhven. „Ich verstehe aber kein Englisch," warf ich ein. Er lächelte mephistophelisch. „Das brauchst du auch gar nicht." Also muhvte ich am folgenden Tag mit meinem Trunk zu ihm und wunderte mich, daß nicht schon ein Preis ausgemacht war für meine Dienstleistungen, wie es doch sonst stets vorher geschah.

Mr. Maier hatte gerade ein neues Haus gekauft, in dem er Zimmer vermieten wollte, das es jetzt „aufzufixen" galt. Er brachte die Wasserleitung in Ordnung, das Gas, die Schlösser, die Klingeln, machte aus großen Zimmern zwei kleine, so daß das Haus bald 16 Zimmer besaß, statt der früheren zehn, strich die Wände, kaufte auf Auktionen Teppiche und Möbel, annoncierte Zimmer, Möbel und Teppiche, kurz ein Tausendsassa, dem ich nach Kräften zur Hand ging. „Wenn man in diesem Lande nicht alles selbst macht, ist man verloren," lautete sein Spruch; und wenn er wieder etwas fertig hatte, rechnete er mir vor, was er dadurch an Handwerkern gespart habe.

Wir bewohnten das Erdgeschoß, er, seine Frau, ich und zwei schöne Hunde. Kinder besaßen sie nicht, denn mit Kindern kommt man nicht weiter in Amerika. Nach des Tages Arbeit saßen wir in der Küche und spielten zu dritt „Schafkopf", während Mr. Maier aus seinem amerikanischen Leben erzählte. Von Beruf war er Feinmechaniker, hatte damit aber, als er vor zehn Jahren landete, nichts beginnen können, weil er kein Englisch verstand. Er mußte also genau so anfangen wie ich und war ebenfalls Geschirrwascher, Porter und dergleichen gewesen. Als er hinreichend Englisch konnte, hatte er es mit seiner Profession versucht und plenty Geld gemacht, mit dem Geld einen kleinen Laden aufgetan und wieder plenty Geld gemacht, dann einen großen Laden und pleite gemacht, up and down. Er erkrankte an Malaria, kam ganz herunter, nächtigte bei der Heilsarmee, ließ sich auf eine Farm bei Neuyork verdingen, stahl tüchtig, machte in Kalifornien einen Saloon auf, ging bei der Moneypanik (1907) wieder kaputt, reiste in Chicago für eine Fleischfabrik und kehrte nach Neuyork zurück, wo allein man Business machen könne, heiratete, machte wieder einen Store auf, wieder pleite, wieder Feinmechaniker, die Frau Köchin usw., bis er sich als ein heller Junge, der er war vor zwei Jahren auf das Häuserkaufen warf mit Erfolg, nachdem er auch in diesem Geschäft hinreichend Lehrgeld bezahlt hatte. In fünf, sechs Jahren hoffte er so viel „wert" zu sein, daß er sich in Deutschland eine Farm kaufen könne. „Dann will ich nichts mehr sehen von der ganzen Welt, dann bin ich ein König auf meiner eigenen country (Land). Nur nicht sterben in diesem Räuberland, nur nicht hier zum underteaker (Unterdecker, Leichenbesorger) kommen und womöglich noch lebendig begraben werden."

Ich machte in dem Haus den „Mann für alles“; und als es erst zu regnen anfing, worauf die Familie Maier mit Sehnsucht wartete, stellten sich viele Mieter ein, und es wurde noch ein Mädchen angeschafft. Die Zimmerpreise variierten zwischen 2 und 5 Dollar pro Woche, die im voraus bezahlt werden mußten. Mit Board (Beköstigung) kostete es die Woche 4 Dollar mehr. Auch sie waren im voraus zu entrichten. Ich erhielt am Ende der Woche 4 Dollar, und Mr. Maier sagte, nächstens, wenn er erst aus allem Trouble mit dem Haus heraus sei, würden wir ernsthaft von Geschäften reden. Ich hatte zwar keine Ahnung, was er noch von mir wollte, aber ich war es zufrieden, denn es gefiel mir gut hier, und ich sah vieles, was mir neu und interessant war.

So durfte ich zum Beispiel nie sagen, ob Mr. Maier zu Hause sei, und sogar auf der Straße gab sich Mr. Maier nie ohne weiteres zu erkennen, wenn er nach seinem Namen gefragt wurde. Das Neuyorker Gesetz kennt nämlich keine Zustellung durch die Post. Jede gerichtliche Zustellung muß dem Empfänger persönlich ausgehändigt werden. Da nun niemand in eines Menschen Haus eindringen darf, auch die Polizei nicht, es handle sich denn um ein Kapitalverbrechen oder um einen Großdiebstahl, das amerikanische Kapitalverbrechen, wenn es herauskommt, so muß der Gläubiger eben dem Schuldner vor dem Haus oder auf der Straße auflauern. Aber auch das nützt nur, wenn sich der Schuldner zu erkennen gibt. Ist der Gläubiger dem Schuldner persönlich bekannt, so dingt er sich einen Detektiv, der dem Schuldner aufpaßt. „Sie, Herr Maier!“ ruft der Detektiv auf der Straße. Ist Herr Maier ein Greenhorn, dreht er sich um, und der Detektiv händigt ihm grinsend die Zustellung aus. Nun muß Herr Maier vor Gericht erscheinen. Ist Herr Maier kein Greenhorn, dreht er sich nicht um, und der Detektiv muß es auf andere Weise versuchen. Muß Herr Maier schließlich doch vor Gericht, weil er sich hat übertölpeln lassen, und wird verurteilt, so wird er gegen eine Kaution freigelassen. Hat er nicht Geld genug, so borgt er es sich gegen Wucherzinsen von einem der vielen gewerbsmäßigen Kautionsverleiher. Ist er erst frei, verschwindet er unter einem anderen Namen in eine andere Straße. Da es keine Meldepflicht gibt, ist er schwer zu finden. Herr Maier kann jetzt zwar eingesperrt werden, aber erst muß man ihn haben; und das ist um so schwerer, als er seinen Geschäften ruhig weiter nachgehen kann, er braucht nur seiner früheren Post seine neue Adresse und den neuen Namen anzugeben. Dann besorgt sie ihm alles, ohne etwas verraten zu dürfen. Wie man sich denken kann, setzt sich ein Gläubiger so umständlicher, ärgerlicher und teurer Prozedur nur aus, wenn es sich um größere Summen handelt. Sonst läßt er den Schuldner laufen und schwört, in Zukunft gar keinem Menschen mehr zu trauen. Aus diesem Grunde werden auch Mieten und derlei im voraus bezahlt, damit man, wenn der Mieter ausrückt, keinen „Trouble" hat. Trotzdem ist es selbst meinem gerissenen Herrn Maier passiert, daß er von einem noch gerisseneren Mieter, der Routine darin hatte, um eine Wochenmiete geprellt wurde. Herr Maier hatte diesen Mieter mit dem Hause „gekauft", denn er wohnte schon darin. Er gerierte sich ungewöhnlich solid, so daß ihm Herr Maier eine Woche die Miete stundete. Gegen Ende der Woche nahm Herr X. kalt lächelnd seine sieben Sachen und ging zwei, drei Straßen weiter. Herr Maier durfte zusehen; denn zurückbehalten durfte er nichts, da er Herrn X. nicht nachweisen konnte, daß er etwas aus dem Hause gestohlen hatte. Wohl konnte er Herrn X. verklagen, aber wie Herrn X. die Klage zustellen? Also ließ er ihn laufen und suchte die 4 Dollar zu verschmerzen, so gut es ging. Aus Ärger darüber legte er einem anderen Mieter, dem er nicht traute, einen Zettel auf den Tisch: Wollen Sie sich bis morgen nach einer anderen Wohnung umsehen. Der Mieter, dessen Woche damit herum war, mußte aus dem Hause, so gerne er auch geblieben wäre.

Auch die Auktionen, zu denen ich Herrn Maier begleitete, waren recht interessant. Waren nur wenige Leute anwesend, bot Herr Maier nie; denn, sagte er, die heute bieten, das sind ja nur Leute des Auktionators, die er dafür angestellt hat; sie bieten viel zu hoch, um Greenhörner zu fangen. Morgen werden dieselben Sachen, auf die kein Greenhorn hereingefallen ist, noch einmal verkauft. War es aber sehr voll, dann zeigte sich Herr Maier sehr geschäftig, drückte den Männern, welche die Sachen vor den Auktionator brachten, Dollarlappen in die Hand, daß sie die Sachen hinschleppten, die er gerne haben wollte, auch wenn sie für den Tag noch gar nicht zum Verkauf standen; und zog der Auktionator das Bieten in die Länge, so bekam er heimlich auch eine 5-Dollar-Note zugesteckt, und dann schlug er auf Herrn Maiers Angebot mit Windeseile zu, noch bevor die anderen recht wußten, was los war.

Eines Tages sagte Herr Maier zu mir: „Heute abend kocht uns die Mama etwas Gutes, auch einen Kuchen; was für einen ißt du gerne, Fritz?“ Ich antwortete ohne Besinnen: „Pflaumenkuchen.“ Herr Maier und die Mamma machten lange Gesichter, Die Pflaumen werden in Neuyork nämlich nicht nach dem Gewicht verkauft, sondern abgezählt. Jede Pflaume kostete damals im Oktober, 1 Cent = 4 Pfennige. Wie war das möglich? Der Trust kaufte alles Obst auf und legte es auf Eis. Nun konnte er die Preise machen, wie es ihm beliebte, und so kostete eine Pflaume glücklich einen Cent. Da gab ich den Pflaumenkuchen preis, an dem man ja direkt bankerott werden konnte, und wir begnügten uns mit dem ortsüblichen Pie aus Reis und altem Fallobst.

Bald nach Tisch sagte die Mama, sie sei müde, und verzog sich. Ich zündete mir eine Zigarette an, trotzdem ich stets davor gewarnt wurde, denn auch sie werden auf unheimliche Weise gefälscht, und Herr Maier steckte sich eine biedere, kurze Jagdpfeife an. „Also, Attention, Fritz.“ Er informierte mich nun zunächst darüber, wie man Häuser kaufe. Man kaufte sie nämlich gar nicht, sondern man mietete sie von dem Grundeigentümer. Dabei sei die Hauptsache, daß man von dem Grundbesitzer eine möglichst lange Lizenz erwirke, etwa auf drei Jahre; denn dann finde man leichter einen neuen Käufer als bei einer kurzen Lizenz. Smarte Grundbesitzer ließen sich auf einen dreijährigen Kontrakt nur unter dem Vorbehalt einer 60tägigen Kündigung ein. Aber das schade nichts, denn man bringe diese Klausel so versteckt in den Kontrakt unter, daß ein Greenhorn sie gar nicht finde, sondern nur den langen, dreijährigen Kontrakt sehe. Den Kontrakt hat ein Notar aufzusetzen, wo man auf der Hut sein müsse, denn sie verständen oft gar nichts davon, seien oft ganz ungebildete Menschen und könnten kaum schreiben. „Wie kommen Sie denn zu einem so wichtigen Amt?“ – „Durch die Politik!“ Nun fixe man das Haus auf mit billigen Teppichen und Möbeln, die man auf Auktionen kaufe, daß es möglichst gut aussieht. Das verstand ich leicht, denn wir hatten dies Auffixen ja eben erst besorgt. Jetzt stopft man das Haus voll mit Mietern. Dauert es zu lange, und hat man ein Greenhorn als Käufer in Aussicht, so gibt man Freiwohnungen ab. Es fehlt nie an Leuten, die sie nehmen. Nun sucht man für das aufgefixte Haus durch die Zeitung einen Käufer. Aber nur, wenn ein Greenhorn kommt, läßt man sich auf das Geschäft ein, und es laufen immer genug Greenhörner herum, die sich etwas erspart haben und so ein Haus kaufen und verwerten wollen. Ist das Haus gut aufgefixt und voller Mieter, kann man es leicht um drei-, vierhundert Dollar mehr weiterverkaufen. Das Greenhorn liest den Kontrakt und merkt nichts von der 60tägigen Kündigung. „Der Besitzer des Grundstücks will natürlich nicht, daß ich weiterverkaufe und er dann mit dem neuen Käufer, den er nicht kennt, womöglich Trouble hat. Also suche ich mir einen anderen ›Besitzer‹. Es gibt viele Leute, namentlich Witwen, die für 5 Dollar vor dem Greenhorn den ›Besitzer‹ spielen und in den Verkauf willigen. Nun machen wir mit dem Greenhorn einen Kontrakt, und der Verkauf ist fertig.“ Aber wenn der Schwindel herauskommt?“ Herr Maier lachte. „Dann muß sich der Grundbesitzer an den neuen Käufer halten, denn ich bin ja nicht mehr der Besitzer; und wenn er keinen Trouble haben will, ist er still. Mich findet er sowieso nicht, denn ich wohne längst ganz wo anders.“ Ich schwieg. Herr Maier fuhr fort, er habe nun endlich auch eine Pianofabrik gefunden, die ihm Pianos für 85 Dollar verkaufen wolle, aber dafür eine Quittung über 400 Dollar ausstelle. Es sei nicht leicht, eine solche Firma zu finden, denn man müsse ein sicherer Mann sein, damit nichts herauskommt. „Und was verdient die Firma bei dem 85-Dollar-Klavier?“ Herr Maier antwortet: „35 Dollar, und wir verkaufen es um 200-300, je nach dem Greenhorn, das wir finden.“ – „Und wenn das Piano schlecht ist?“ – „Warum ist er so dumm und kauft es! Möglich, es hat lauter falsche Töne, möglich es hat gar keine oder nur wenige. Das geht mich nichts an. Aus unserem Parlor (Salon) mache ich einen Store für Pianos, Teppiche und Möbel und aus meinem Schlafzimmer eine Office für Häuserverkauf. Wir machen plenty Geld.“

„Und was soll ich dabei?"

„Du empfängst die Leute im Parlor bei den Pianos und Teppichen, du machst einen guten Eindruck. Ich bin nicht mehr green genug für die Leute, dafür haben sie eine feine Nase. Trotz meines Bartes, den ich mir jetzt wieder abrasieren lasse. Du bist ein ›beer cash‹ (Bierfaß), ein Deutscher, den man glaubt übers Ohr hauen zu können. Ich bin schon zu sehr ein ›gin cheek‹ (Schnapsbacke), ein Amerikaner, mir traut man nicht. Du sitzt im Store, ich sitze in der Office, wenn das Geschäft all right ist; dat's alles."

„Hm."

„Attention, Fritz! Du gehst zu die Häusermakler und sagst, du willst ein Haus kaufen. Dann geben sie dir ihre Listen, und wir schreiben sie ab. Wir brauchen die Makler gar nicht mehr und verkaufen die Häuser, die uns passen, selbst. Wenn ein Käufer kommt, willst du gerade das Haus kaufen, dat's alles. Von jedem Verkauf gibt es zehn Prozent der Jahresrente, plenty Geld. Schon nach drei Jahren können wir nach Deutschland zurück und Country kaufen."

Ich: „Du meinst also, statt daß ich mich als Greenhorn übers Ohr hauen lasse, hauen wir die anderen gerade mit meinen Greenhorneigenschaften übers Ohr?"

„Dat's alles."

„Und wenn es schief geht, und man uns ›arresten‹ will?"

„Well, dann gehen wir drei Straßen mehr up down oder down town."

„Warst du früher einmal in Berlin, Otto?"

„Yes."

„Dann weißt du vielleicht, daß man dort einen Mann wie dich ›Schieber‹ nennt?" Er wollte sich krank lachen. Nein, das hatte er ganz vergessen. Aber natürlich, jetzt erinnerte er sich.

„Draußen sagt man ›Schieber‹, hier ›Businessman‹, dat's alles."

Andere Länder, andere Sitten. Ich vermute, wenn Mr. Maier erst auf seiner Country in Deutschland sitzt, ist er wieder der ehrlichste Kerl von der Welt. Mit seiner Hilfe und auf solchen Wegen hätte ich vermutlich Geld gemacht, vielleicht plenty Geld; jedenfalls war es ein Anfang dazu. Aber ich schätze das Geld nicht so hoch, daß mir alle Wege zu ihm recht wären. Ich mochte aber auch nicht Mr. Maier kränken, der mir auch jetzt noch gut gefiel, und der es auf seine Art nicht schlecht mit mir meinte. Ich sagte, ich wollte mir die Sache erst einmal überschlafen, und am nächsten Tag, als er nach Teppichen, Pianos oder Häusern Ausschau hielt, rückte ich aus. Mit 15 Dollar in der Tasche.

Nach einigen Tagen ging ich wieder in eine Office, und jetzt war ich nicht mehr ganz green und wußte mir schon besser zu helfen. Auf der langen Bank, die ich nun schon kannte, saßen fünf Männer. Ich setzte mich zu ihnen und wartete. Nach einer Weile hieß es: „Wer draußen bei der Kavallerie gedient hat, aufstehen." Zwei andere und ich, wir erhoben uns. Wir hatten vermutlich geradeso wenig bei der Kavallerie gedient wie die, welche sitzenblieben. Aber wir waren keine Greenhörner mehr. Der Agent musterte uns, und da ich am wenigsten mitgenommen aussah, wählte er mich aus. Ich hatte einen Dollar zu zahlen, für den ich eine Bescheinigung erhielt. Behagte mir die Stelle nicht, konnte ich mir innerhalb dreier Tage den Dollar gegen Rückgabe der Bescheinigung wieder holen. Es handelte sich um eine Kutscherstelle. Ich verzog keine Miene. Ich war zwar kein gelernter Kutscher, aber kutschiert hatte ich in jungen Jahren häufiger. Ich erhielt einen Zettel mit der Adresse meines neuen Herrn. Ich kam vor einen großen Mann mit ehrwürdig wallendem, grauem Bart. „Wo haben Sie gedient?" Ich nannte auf gut Glück ein Kavallerieregiment, bei dem einst ein Verwandter von mir gestanden hatte. „So," sagte der Ehrwürdige, „da müssen Sie ja meinen Vetter, Herrn v. X. kennen, der bei dem Regiment steht?" Ich erwiderte: „Der war mein Rittmeister." – „So, so? Habe lange nichts mehr von ihm gehört. Er war keiner von den stärksten." Warte, dachte ich, so grün wie du denkst, bin ich doch nicht. Ich erwiderte: „Da müssen Sie einen anderen Vetter meinen. Der Rittmeister, den ich meine, war schlank und groß und blond und kerngesund." Ich dachte mir eben den Ehrwürdigen, der vor mir stand, um dreißig Jahre jünger. Er verzog keine Miene, ich auch nicht. „Haben Sie Empfehlungen?" – „Nein." – „Bitte um Ihre Papiere." – „Die sind in meinem Trunk." – „Verstehen Sie mit Pferden umzugehen?" – „Jawohl." Es war nicht einmal ganz gelogen; denn als ich in Persien lebte, hatte ich einen ganzen Stall von Pferden, um die ich mich kümmern mußte. „Sie gefallen mir soweit ganz gut, nur daß Sie keine Empfehlungen haben." – „Ich werde sofort nach Deutschland schreiben, daß mir Empfehlungen geschickt werden. Oder sie können auch selbst schreiben, wenn Ihnen das sicherer ist." Er prüfte mich nochmals eingehend und sagte: „Ach, warten Sie hier eine halbe Stunde, ich nehme Sie gleich mit." Da saß ich in der Patsche, denn ich hatte die Sache bis dahin nicht allzu ernst genommen. Ich setzte mich und wartete und sann über eine Gelegenheit, wie ich ausreißen könnte, fand aber keine. Nach einer Stunde erschien der Ehrwürdige wieder und ging mit mir auf die Straße. „Ich möchte erst meinen Trunk holen," sagte ich und hoffte so zu entwischen. „Wo steht er?" Ich nannte eine falsche Adresse. Er rief in die Office zurück, man solle meinen Trunk holen lassen und gleich in seine „residence" schicken; ich war gefangen. Nun fuhren wir selbander, Herr und Kutscher, in der Subway (Untergrundbahn) nach des Herrn „residence", und ich wurde gleich einem alten Gärtner ausgeliefert, der mir alles zeigen sollte. Ich atmete auf, denn nun würde ich bald entwischen können. Zuerst ging es in den Stall. Da stand ein Reitpferd. Damit hatte es keine Gefahr, reiten konnte ich. Daneben die beiden Kutschpferde, biedere Stuten, nicht mehr die jüngsten. Durchbrennen würden sie mir schwerlich, und in Neuyork kannte ich mich schon ein wenig aus. Über dem Stall lag meine Wohnung, ein großes helles Zimmer mit elektrischem Licht und daneben ein Badezimmer, ebenfalls mit elektrischem Licht. So schön hatte ich es „drinnen" noch nicht gehabt. Wenn es sich irgend tun ließe, wollte ich wenigstens eine Nacht hier bleiben. Der Gärtner ging, nachdem er mich über meinen Stalldienst instruiert hatte, und ich blieb meinem Gewissen überlassen. Aber nicht lange, da wurde ich zu dem ehrwürdigen Mr. Y. gerufen. Er musterte mich mißtrauisch. Weshalb ich eine falsche Adresse angegeben habe? Das sei die richtige. Aber mein Trunk sei nicht dort. Dann sei er gestohlen. Ich vermute, so viel Frechheit imponierte dem Ehrwürdigen, denn er glaubte meinen Worten gewiß nicht. Er musterte mich von allen Seiten, dann sagte er: „Geben Sie mir Ihre Adressen in Deutschland, ich werde sofort selbst schreiben.“ Ich hatte a gesagt, nun sagte ich auch b und nannte drei ixbeliebige Adressen. Er setzte sich sofort an den Schreibtisch, schrieb und übergab die Briefe einem Diener. Er sah mich an. „Ich habe keine Wäsche,“ sagte ich. „Der Gärtner kann aushelfen, bis Sie Ihren Trunk wieder haben.“ Ich war entlassen und ging zu den Gäulen, die ich glücklicherweise noch nicht angelogen hatte. Der Gärtner sah mir zu, wie ich hantierte, und grinste. „Du warst wohl bisher bei Schweinen, aber noch nie in einem Pferdestall?“ Ich stellte mich taub. Der Gärtner wohlwollend: „Aller Anfang ist schwer.“ Ich trat zu ihm, denn unter seinen kritischen Augen konnte ich nicht weiter hantieren. Der Gärtner: „Du brauchst dich nicht zu schämen, daß du den Alten angelogen hast. Als der herüber kam, hat er mit weniger die Woche angefangen als du, das kannst du glauben.“ Der Agent hatte mir 35 Dollar pro Monat als Gehalt genannt. „Jetzt ist er eine Million wert, dat's alles.“ Der Gärtner schien ein verständiger Mensch zu sein, und ich offenbarte mich ihm, soweit ich es für gut hielt. Er schmunzelte und meinte, ich sei ja schon fast ein „gin cheek“. Er ging mir zur Hand und zeigte mir alles und sagte, ich solle nur gut aufpassen und die Augen offen halten, dann sei es all right. Nun, ich paßte auf, sorgte für die Gäule, so gut ich konnte, striegelte und putzte, ritt das Reitpferd, da es regnete und nicht gebraucht wurde, und fuhr Mr. Y. und seine alte Dame mit den gemächlichen Stuten im Zentralpark spazieren. Sie kannten die Wege längst von alleine, ich brauchte sie nur nicht zu stören. Außerdem hatte ich noch darauf zu achten, daß Nelly, eine junge Kolliehündin, regelmäßig ihr Business machte, und, als es wieder schön Wetter wurde, der Tochter von Mr. Y. das Reitpferd vorzuführen. Das hübsche Mädchen sagte: „Thank you“, und mit der Zeit hätte ich mich sicher in sie verliebt, trotzdem ich schon ein „Pap'„ war, was von Papa stammt und beim niederen Volk ein geläufiger und geringschätziger Ausdruck für einen „Mann in den besten Jahren“ ist, aus dem dies Volk gleich einen „Pap'„, einen hilflosen Greis macht. Aber es kam schon deshalb nicht dazu, weil die Briefe, die der Ehrwürdige nach Deutschland geschrieben, demnächst als unbestellbar zurückkommen würden; und das wollte ich denn doch nicht abwarten. Ich ließ ihm sagen, er möge sich nach einem anderen Kutscher umtun, ich hätte eine bessere Arbeit gefunden. Er ließ mir antworten, ich möge mich anderen Tags in der Office bei ihm einfinden. Ich ging lange um die Office herum, aber schließlich trat ich doch ein; denn jeder Arbeiter ist seines Lohnes wert, weshalb sollte ich das Geld schießen lassen? Es wurde mir eine Quittung zugeschoben, die ich unterschrieb und dafür zwölf Dollar in Empfang nahm. Schon wollte ich eiligst zur Tür hinaus, da rief mich der Clerk, ich möge noch einen Augenblick warten. Ich trat zu dem Clerk. „Mr. Y. ist für einen Augenblick fortgegangen. Sie möchten warten, er wird gleich wieder hier sein. Er habe Ihnen noch etwas zu sagen." Ich stutzte, dann antwortete ich: „Ich lasse Mr. Y. danken, aber ich hätte Mr. Y. nichts mehr zu sagen." Ich ging, denn ich wollte nicht jetzt noch beschämt vor dem Ehrwürdigen stehen und mir meine Schwindeleien vorhalten lassen. Später dachte ich anders darüber. Wenn er mich nur hätte abkanzeln wollen, brauchte er mir doch nicht erst den Lohn auszahlen zu lassen. Vielleicht wollte er probieren, ob meine Frechheit so weit ging, ihm jetzt noch unter die Augen zu treten? Vielleicht hatte er dann etwas Besseres mit mir vor? Jedenfalls bilde ich mir heute ein, mir damit zum zweitenmal den Weg zum Glück, d. h. zum Dollar selbst versperrt zu haben. Das erstemal bei Mr. Maier, das zweitemal bei Mr. Y. Ich war eben doch ein „Pap'„ in diesem Land der rücksichtslosen Jugend.

Schluß.

Als ich Mr. Y. verlassen und den Kutscherposten aufgegeben hatte, trug ich 23 Dollar in der Tasche; liebe, lange, schmale Lappen, die man nach Belieben zusammenfalten und zu einem Knäuel zusammenballen kann, denn auch das amerikanische Papiergeld muß mehr aushalten als das deutsche. Die United States geben ihm deshalb einen starken Seidezusatz, der es fast unverwüstlich macht. Das praktischste, handlichste Geld der Welt. Aber auch kein anderes Geld gibt sich so leicht aus wie dieses, bei dem sich die hohen Noten nur durch die aufgedruckten Zahlen von den Eindollarnoten unterscheiden. Ein deutscher Hundertmarkschein warnt schon durch Farbe und Format seinen Besitzer: überlege dir's, ob du mich wirklich ausgeben willst. Eine amerikanische Zehndollarnote (höhere sah ich nicht) kommt geradeso unscheinbar daher wie eine Eindollarnote, und nichts an ihr warnt dich, sie der Eindollarnote unbedenklich nachzuschicken. So zeigt sich schon darin der amerikanische Staat als ein smarter Geschäftsmann, denn ihm kann nur daran gelegen sein, daß du möglichst viele dieser Lappen, die von Angesicht alle gleich grau aussehen, ausgibst. Eine Dollarmünze in Gold habe ich nie zu Gesicht bekommen. Seitdem Chinesen und Japaner in Amerika möglichst viel amerikanisches Gold an sich zu bringen suchten, halten die noch klügeren United States mit ihrem Gold nach Kräften zurück. Silberdollars wurden wohl wie Kuriositäten herumgezeigt, aber nicht gern in Zahlung genommen. Noch weniger gern als in Deutschland etwa Fünfmarkstücke. In Münze kursierte nur das Kleingeld, 5-, 10-, 25-Cent-Stücke. Kupfergeld (1 Cent) trifft man in Neuyork nicht häufiger als in Berlin.

Jedenfalls kam ich mir mit meinen 23 Dollar sehr wohlhabend vor und begab mich zunächst zu meinem Trunk (Koffer), um andere Wäsche anzuziehen. Wenn der Trunk schwer ist, also nicht so leicht von irgend jemand gestohlen werden kann, läßt man ihn meist bei dem Hauswirt stehen, den man am besten kennt, und nimmt nur das Notwendigste in einer Handtasche mit in die neue Stellung. Nirgends sieht man so viel Menschen mit Handtaschen und Handkoffern wie in Neuyork. Die Beförderung eines schweren Koffers von einem Stadtviertel zum anderen ist eben unverhältnismäßig teuer. Jedes Gepäckstück kostet durchschnittlich 50 Cent, also 2 Mark bei fast allen Instituten, die sich damit abgeben. Aber noch aus einem anderen Grunde benutzt man diese Institute ungern. Sie haben nämlich keine Schweigepflicht wie die Post. Will man also aus irgendeinem Grunde, der gar nicht unehrenhaft zu sein braucht, in einen anderen Stadtteil verschwinden, so läßt sich nur ein Greenhorn sein Gepäck durch ein solches Institut nach dem neuen Platz bringen; denn mit Hilfe dieser Institute kann man leicht wiedergefunden werden.

Als ich mir sauber genug vorkam, begab ich mich zum Broadway, diesem Rückgrat der ganzen Stadt, um zunächst einmal ein wenig zu bummeln und mich zu erholen. Den Broadway stadtaufwärts schlendernd gelangte ich zu einer Querstraße, die ich gewiß schon manches Mal gekreuzt hatte, die mir aber jetzt, wo ich bummeln wollte und nicht nach Arbeit hastete, zum erstenmal ihres lebhaften Verkehrs, der vielen Theater und Läden wegen auffiel. Ich schlenderte diese Straße, es war die vierzehnte, zunächst einmal westwärts, ganz benommen von all den Menschen, die mir besonders gut angezogen vorkamen. Auch darauf achtete ich jetzt zum erstenmal. Dann machte ich kehrt und schlenderte ostwärts, bis ich plötzlich stehenblieb, denn an einer großen Fensterscheibe las ich: Würzburger Hofbräu. Für mein Leben gern hätte ich nach all dem fürchterlichen Zeug, das ich am Hafen hatte schlucken müssen, das, wenn es kalt war, wie eine erträgliche Medizin schmeckte, sowie es aber wärmer wurde, stank, ein Glas bayrisches Bier getrunken. Aber es war offenbar ein „besseres Lokal“, und ich traute mich nicht hinein. Ich stand und sah auf die Tür, was hier wohl für Leute aus und ein gingen. Dann trat ich näher zur Tür. War es ein feines Restaurant, konnte ich unmöglich hineingehen. War es eine Bar, wollte ich es wagen. Durch die Tür erkannte ich, daß es eine Bar war und trat ein. Ohne nach rechts oder links zu sehen, marschierte ich schnurstracks zur Theke und bestellte one Wirzburger, indem ich einen Quarter (25-Cent-Stück) auf die Theke schob. Ich bekam ein Glas und 15 Cent zurück, das Gläschen kostete also 40 Pfennige. Ich nippte nur an dem kostbaren Gläschen, nippte noch zweimal und bestellte ein neues. Da rief ein Kellner: „Einmal Sauerbraten mit Kartoffelklößen“ – und es durchzuckte mich; und bis ich ausgetrunken hatte, rief ein anderer Kellner dasselbe noch einmal. Da war's um mich geschehen, ich folgte einfach blindlings dem rufenden Kellner mit niedergeschlagenen Augen, sah aber die vielen, unendlich schön und sauber gedeckten Tische, an denen auch Menschen saßen. Ich steuerte verlegen und hilflos auf einen leeren Tisch zu und ließ mich nieder. Erschrocken nahm ich den Hut vom Kopf, denn hier hatte niemand den Hut auf, was mir sehr merkwürdig und fremd vorkam. Ein Kellner erschien, und ich bestellte, ohne aufzublicken, Sauerbraten mit Kartoffelklößen und ein Glas Würzburger. Da er mich nicht einfach hinauswies, bekam ich etwas Mut und sah mich um. Wie komisch! Fast alle Männer trugen Bärte; und wahrhaftig, dieser dort sah aus wie ein Regierungsassessor, und jener mochte wohl ein alter Bureaukrat sein. Die beiden jungen Leute dort waren entschieden bessere Kaufleute. Wie seltsam, daß man ihnen den Beruf sozusagen von der Nase ablesen konnte. Wenigstens kam es mir so vor. Der Sauerbraten kam. Mein Gott, wie sahen meine Hände aus! Ich konnte sie eigentlich gar nicht sehen lassen, so rot und dick. Aber der Sauerbraten flog mir nun einmal nicht in den Mund, ich mußte diese Hände benutzen, so widerwärtig sie mir waren. Und nach dem Essen bei einer Tasse Kaffee und einer Zigarette musterte ich mich etwas genauer. Wie sahen denn meine Kleider aus! Voller Falten und Runzeln, und an Flecken fehlte es auch nicht. In der Nähe hing ein großer Spiegel. Da sah ich, wie heruntergekommen ich war, und mich ekelte vor mir selbst. Und nun sollte ich wieder Arbeit suchen, und das sollte so weitergehen? Ich wollte bezahlen und das Restaurant verlassen. Aber ich schämte mich so meines Äußeren, daß ich es nicht über mich gewann. Ich blieb sitzen, bis es dämmrig wurde. Nun wieder nach dem Hafen, in eine Kammer ohne Licht und Luft, wieder Porter oder dergleichen? Wieder in all das Elend, das ich jetzt kannte? Nein, um keinen Preis der Welt! Schluß damit! Ich wußte genug, ich hatte genug erlebt, mehr als genug, um aus eigener Erfahrung erzählen zu können, wie es dem gebildeten Deutschen in Amerika ohne Geld und ohne Beziehungen ergeht, und was er dort zu erwarten hat, wenn er kein Englisch kann, solange er diese Sprache nicht einigermaßen beherrscht. – So endete diese Amerikafahrt. Wenn man will, weil in einem deutschen Restaurant in Neuyork ein Kellner rief: „Einmal Sauerbraten mit Kartoffelklößen." Wer nie in Amerika Hausknecht war, werfe nach mir mit Steinen.

Zum Schluß gestatte man noch einige allgemeine Bemerkungen. Allerdings lernte ich als Arbeiter persönlich nur Neuyork kennen, und in anderen Städten und Staaten liegen manche Verhältnisse anders, im Westen wieder anders als im Osten, aber Neuyork ist nun einmal doch, um mich amerikanisch auszudrücken, das Tenderloin von Amerika. Man bezeichnet damit das saftigste Stück Fleisch im Braten. Im übertragenen Sinne heißt zum Beispiel der Teil von Neuyork, den die 40. bis 45. Straße umschließt, allgemein der Tenderloin, und man fährt zum Tenderloin, zur „zarten Lende", wie man in Berlin zum „Knie" fährt. Es war einst der lukrativste Stadtteil für die Grundbesitzer. Jetzt ist er es nur für die Lebewelt. Wenn ich also vom Tenderloin Amerikas gegessen habe, so darf ich mir wohl auch ein vorsichtiges Urteil über den ganzen Braten erlauben.

Die Verhältnisse haben sich in den letzten zwanzig Jahren in der Tat gewaltig geändert. Und nicht zugunsten der Auswanderer. Auf dem Land ist vorläufig gewiß immer noch Platz genug. Aber die Arbeit ist schwer und wird nicht mehr so gut bezahlt. Viel Geld ist auch hier nicht ohne „auffixen" zu verdienen, wie es jener alte Farmer tat, von dem ich einmal sprach. Die Bodenproduktion wird für den Farmer dadurch nicht lukrativer, daß auch über sie die Trusts gebieten, wogegen der einzelne wehrlos ist. Das gelobte Land der Farmer liegt nach ihren eigenen Aussagen nicht mehr in den Vereinigten Staaten, sondern in Südamerika und in Englisch-Kanada, wo die englische Regierung neuen Ansiedlern außerordentlich weit entgegenkommt.

Die Verhältnisse in den Großstädten liegen nach allem, was ich von Leuten hörte, die ihr Glück auch in San Franzisko, Philadelphia und in Chicago versucht haben, nicht wesentlich anders als in Neuyork. Das Angebot ist überall groß und die Nachfrage längst nicht mehr entsprechend. Das stolze Wort, daß in Amerika die Arbeit den Mann suche, und nicht der Mann die Arbeit, gilt für die Städte jedenfalls nicht mehr, denn Hunderttausende suchen sie vergebens; und auch der Gebildete ohne Geld gehört zu dieser Zahl, solange er kein Englisch spricht; und selbst wenn er Englisch gelernt hat, muß er Glück und

Bekannte haben, um der Schar der vergeblich Suchenden zu entrinnen. Ich hätte ohne meine Saloonfreunde nicht die geringste Arbeit gefunden, so willig ich auch zu einer jeden war. Es ist natürlich, daß ich in diesem Augenblick, wo ich noch unter dem unmittelbarem Eindruck der eigenen Erlebnisse stehe, die Situation pessimistischer betrachte, als vielleicht richtig ist. Vielleicht wendet man auch ein, ich habe es eben besonders dumm angestellt und besonders schwer unter der schweren körperlichen Arbeit gelitten. Aber ich vermute, andere Gebildete hätten es, auch wenn sie es klüger anfingen, nicht leichter. Ich lebte mit jungen Kaufleuten, Studenten und Referendaren von denen ich absichtlich nichts Näheres erzählt habe, denn gar mancher wollte wieder bei erster Gelegenheit nach Deutschland zurück, und ich will es schon deshalb vermeiden, irgendeinen von ihnen näher zu charakterisieren; aber keiner fand eine „bessere" Arbeit als ich, sie alle mußten zunächst einmal meinen Weg gehen. Ihnen allen gegenüber aber besaß ich einen Vorteil, der nicht zu unterschätzen ist: ich konnte jederzeit dies Leben wieder aufgeben. Und wenn ich das unter dem Druck der Arbeit eine Zeitlang auch vergaß, so kamen in aller Misere doch immer wieder Stunden, wo ich wußte, es handelte sich für mich nur um ein schwieriges und schmerzhaftes Experiment, aber nicht – wie bei den anderen – um bittere, unentrinnbare Notwendigkeit. Mochten sie jünger sein, dies Bewußtsein machte mich elastischer als sie.

Nur die Fabrikarbeiter unter meinen Schiffskameraden, die Handwerker sowie einige Gebildete, welche die schwersten Lehrjahre schon hinter sich hatten, konnten ihr Los erträglich finden. Fabrikarbeiter und Handwerker mögen hier höhere Löhne erhalten als „draußen", wenn sie erst aus dem gröbsten heraus sind, namentlich Handwerker. Aber ihre Vergleiche zwischen „drinnen" und „draußen" sind auch nicht sehr zuverlässig. Ihnen imponiert begreiflicherweise gar zu sehr, daß sie hier keine Steuern bezahlen müssen. Sie denken dabei nicht daran, daß ihnen das Geld indirekt bei Lebensmitteln und Miete nicht weniger gründlich, wenn auch weniger fühlbar abgenommen wird. Und der Handwerker in Amerika, der einer „Union", einem Berufsverband angehört, der aber nicht sozialistisch ist, muß ebenfalls tüchtig Beiträge zahlen. Kurz, ein jeder, der auswandert, hat in der ersten Zeit jedenfalls nichts zu lachen, und sehr vielen vergeht das Lachen für immer. Und wenn es ihnen pekuniär endlich auch besser oder gar gut geht, viel besser als „draußen", so haben sie es nur zu oft mit ihrer Gesundheit bezahlt.

Wie sehr sich die Verhältnisse geändert haben, zeigt wohl am deutlichsten der Dollar. Die alten Leute erzählen, wie man noch vor zwanzig Jahren für einen Dollar ungefähr so viel haben konnte wie in Deutschland für vier Mark, und wie der Dollar leichter zu verdienen war als in Deutschland e i n e Mark. Heute rechnen dieselben Leute in Neuyork den Dollar, der nicht mehr so leicht zu verdienen ist, gleich einer Mark. Für den besser Situierten dürfte das ungefähr stimmen. Für die Verhältnisse, in denen ich lebte, möchte ich den Dollar gleich zwei Mark setzen. Diese Annahme wird unterstützt durch das 5-Cent-Stück, das der Einheitspreis für alle öffentlichen Verkehrsmittel, wie Elektrische, Hoch- und Untergrundbahn, für öffentliche Automaten und die kleineren Kinematographentheater abgibt, darin also dem Berliner „Nickel" gleichkommt. Nur besitzt der amerikanische „Nickel" den Wert von zwanzig Pfennigen.

Dabei erfährt die wirtschaftliche Lage des Landes alle vier Jahre eine schwere Erschütterung, unter welcher der kleine Mann und der Neuling natürlich am meisten zu leiden haben. Jede Präsidentenwahl hat diese Erschütterung noch gezeitigt. Die Trusts sind nicht sicher, wie der Hase läuft, die Spekulation stockt, der Unternehmungsgeist hält den Atem an, das Geld wird zurückgehalten, und die Erschütterung ist da. Selbst Amerika wird das auf die Dauer trotz seiner reichen Schätze nicht aushalten, denn es ist dazu mit seinen achtzig Millionen schon heute nicht mehr menschenarm genug. Man hört das überall, und man hätte dem Präsidenten wohl schon eine längere Frist gesetzt, fürchtete man nicht, dann statt eines Präsidenten einen Diktator zu bekommen, dies Gespenst jeder plutokratischen Republik.

Und noch ein deutliches Symptom für die völlig veränderte Lage: Früher ließ man ins Land, wer kommen wollte. Jedermann war sozusagen unbesehen willkommen. Jetzt ist man rigoros, oft bis zur Albernheit. Die deutsch-amerikanischen Zeitungen füllen fast jeden Tag ganze Spalten mit Beispielen dafür. Ein kräftiger Bäckergeselle mit reichlich Geld in der Tasche, Empfehlungen, Freunden und Bekannten in Amerika und guter Aussicht auf sofortige sichere Anstellung darf nicht landen und wird kurzerhand nach der alten Heimat zurückgeschickt. Weshalb? Die Behörde sagt, er stottert, das könne ihn in seinem Fortkommen hinderlich sein und er dann einem amerikanischen Gemeinwesen zur Last fallen. Als ob zum Brotbacken eine gelenkige Zunge nötiger sei als flinke Hände! Ein Mann, der längst ein auskömmliches Geschäft in Amerika betreibt, so daß er sich sogar eine Vergnügungsreise nach Europa gestatten kann, darf, als er zurückkehrt, nicht an Land. Weshalb? Er bekommt graue Haare, und das deutet die Behörde als vorzeitige Altersschwäche. Dabei hat der Mann den bündigsten Beweis gegen diese Auffassung an der Hand, nämlich ein Baby von einem und ein solches von zwei Jahren, seine Jüngsten. Aber es nützt ihm nichts. Hunderte solcher Beispiele ließen sich aus den hiesigen Zeitungen nachschreiben. Man nehme dazu, was ich über die Behandlung der Auswanderer auf Ellis Island erzählte, und man wird sagen müssen, daß jedenfalls System darin liegt. Die einen sagen, man wolle auf solche Weise die östlichen Völker abschrecken, deren Überhandnehmen die Amerikaner erschrecke. Sie fürchten, der sonst so robuste Magen der Vereinigten Staaten könne diese Invasion auf die Dauer nicht verdauen. Aber die Angehörigen westeuropäischer Nationen werden nach meiner Erfahrung um kein Haar freundlicher auf Ellis Island behandelt als Südslawen und galizische Juden. Böse Menschen wittern auch hinter diesem „System“ die Trusts, die das Land um so gründlicher und ungestörter ausrauben könnten, je weniger es sich noch weiter mit Menschen füllt. Ich enthalte mich des Urteils und kann nur wiederholen, daß man zurzeit unter den Augen der Statue der Freiheit jedenfalls in einer Weise empfangen wird, deren sich ein so großes Volk wie das amerikanische schämen muß. Es ist ja begreiflich, daß die Amerikaner wie jedes Volk von Selbstbewußtsein nicht die freundlichste Miene dazu machen, wenn ihm aus Westeuropa fast nur noch „Kleine Leute“ kommen, die hier nichts weiter suchen als den Dollar, oder ein gut

Teil Elemente von sehr zweifelhaftem Wert. Es läßt sich auch nicht leugnen, daß die Auswanderung westeuropäischer Gebildeter gleich Null ist, während sie in früheren Zeiten stets eine Rolle spielte. Aus politischen oder religiösen Gründen braucht heute eben kaum noch jemand Europa zu verlassen, wie es vor hundert Jahren oft genug der Fall war. Aber die unwürdige und unmenschliche Methode, die auf Ellis Island zurzeit beliebt wird, ist damit nicht zu entschuldigen oder gar zu rechtfertigen. Sie ist und bleibt eine Schande.

Und der „Onkel aus Amerika", den Nichten und Neffen daheim bestaunen und noch lieber beerben? Ich fürchte, er wird immer mehr zur Rarität. Der Mann, der mit Nichts über den großen Teich ging, um nach zehn oder zwanzig Jahren in Hamburg oder Bremen als großer Goldsack wieder aufzutauchen, wird bald mit der Laterne zu suchen sein; und wenn die Vereinigten Staaten gar erst jene 200 Millionen Menschen zählen, von denen der jetzige Präsident so gerne vor der Öffentlichkeit träumt, wird dieser Onkel überhaupt nicht mehr zu finden sein. Grundbesitz und Industrie kommen auch in Amerika immer mehr in feste Hände. Amerika, das neben seiner Geldaristokratie längst auch eine Geburtsaristokratie besitzt, wenn auch noch ohne Adelsprädikate, europäisiert sich eben. Aus den Händen der „alten Familien" und der Multimillionäre fällt nicht mehr allzuviel für die „Fremden" und Neulinge ab. Derweil amerikanisiert sich insofern Europa, als die Hände seiner Aristokratie längst nicht mehr so fest und sicher sind wie einst. Ein gut Teil europäischer Jugend trainiert sich darauf, so smart zu werden wie die Amerikaner. Unter der amerikanischen Jugend bereitet sich derweil, wie zwischen den Zeilen der Zeitungen leicht zu lesen ist, eine Reaktion gegen die ganze gang und gäbe Geschäftsauffassung Amerikas vor, diese Kehrseite der „Freiheit", die zur Wurzellosigkeit wurde und alles als Business ausbeutet, sei es nun die Politik, die Wissenschaft (Dr. Cook) oder was sonst immer. Auch ein Teil der deutschen Jugend nimmt an dem allgemeinen Training europäischer Jugend, so smart zu werden wie nur möglich, teil. Eine ernsthafte Gefahr für die Nation würde das erst in dem Augenblick bedeuten, wo es an idealistischen Gegengewichten in Deutschland zu mangeln anfinge.

Wenn man, wie ich in diesem Augenblick, über solche Probleme in Amerika nachdenkt, findet man diese Gefahr nicht so drohend, als wenn man in Deutschland sitzt, und hat keinen Grund, allzu pessimistisch über deutsche Jugend zu denken. Wohl aber wird man nicht grade optimistisch denken über die Reaktion amerikanischer Jugend gegen den herrschenden Businessgeist, der zurzeit einen so beliebten Exportartikel für Europa bedeutet. Diese Reaktion hat nämlich allen Anschein nach zu wenig ideelle Kultur in ihre Wagschale zu werfen, um wirklich das Übergewicht zu bekommen. Man muß leider befürchten, es werde in absehbarer Zeit bei dieser schönen und wertvollen Reaktion nicht viel mehr herauskommen, als daß die smartesten unter den Geschäftsleuten, erweist sich die Bewegung überhaupt als tiefer gehend, dann eben aus der Unbestechlichkeit und allen Tugenden Catos ein Business machen. Jedenfalls dürfte der tüchtige Mensch zurzeit in Amerika nicht viel leichter ein Onkel werden, den Nichten und Neffen bestaunen und noch lieber beerben, als in Deutschland. Ich für meine Person möchte nur eine amerikanische Tugend zu einem Exportartikel nach Deutschland machen, daß sie dann womöglich eine reichsdeutsche Spezialität würde: die amerikanische Wertung der arbeitenden Menschen. Ich sage absichtlich nicht die amerikanische Wertung der Arbeit, denn die Arbeit ist draußen nur Mittel zum Zweck. Die Arbeit eines Hausknechts gilt in Amerika durchaus nicht für wertvoller als in anderen Erdteilen. Aber kein Hausknecht wird um seiner Arbeit willen gering geschätzt, denn jede Arbeit genießt Achtung als ein Mittel zu dem allen gemeinsamen Zweck. Um deswillen erscheint hier jedermann, der arbeitet, ohne weiteres respektabel, mag seine Tätigkeit an sich auch nicht besonders wertvoll sein. Der übel beleumundete Grundsatz, daß der Zweck die Mittel heilige, wird so zu einem ethisch wertvollen Grundsatz, selbst wenn der allen gemeinsame Zweck nur darin besteht, reich zu werden. Es lassen sich höhere Lebenszwecke denken als diese; aber da er nun einmal allen gemeinsam ist, zeitigt er wenigstens auch eine allen gemeinsame Wertung des arbeitenden Menschen. Das möchte ich den demokratischen Zug in der amerikanischen Republik nennen; und er ist vielleicht der einzige, der sich, sieht man von den Kreisen der neuen

Aristokratie ab, auch heute noch rein und stark erhalten hat. Dieser Zug würde auch dem alten Europa nicht übel zu Gesicht stehen.

Unser Titelbild stellt eine jener wunderbaren Einrichtungen dar, vermöge welcher der amerikanische Geschäftsmann solche hervorragenden Resultate mit wenig Aufwand an Arbeitskraft und Geld erreicht. Es ist dies der Gammeter Multigraph, eine Vervielfältigungsmaschine und Bureaudruckpresse, die bei tausenden amerikanischer Firmen den Umsatz gesteigert und die Druckkosten um 25% bis 75% verringert hat.

Auch bei hervorragenden deutschen Geschäften ist sie bereits vielfach in Gebrauch. Die Deutsche Multigraph-Gesellschaft m. b. H., Berlin W8, Krausenstraße 70, versendet kostenlos Prospekte und gibt ausführliche Auskunft.